品读《水浒传》经典诗词

领略水浒好汉千丈凌云的志气

[中国诗词大汇]

品读醉美**四大名著**

之

《水浒传》经典诗词

郝豪杰·编著

中国言实出版社

图书在版编目（CIP）数据

品读醉美四大名著之《水浒传》经典诗词 / 郝豪杰
编著. -- 北京：中国言实出版社，2021.2
ISBN 978-7-5171-3710-8

Ⅰ.①品… Ⅱ.①郝… Ⅲ.①《水浒传》－古典诗歌
－诗歌欣赏 Ⅳ.①I207.412

中国版本图书馆CIP数据核字（2021）第007025号

责任编辑 郭江妮
责任校对 王战星

出版发行 中国言实出版社
地　　址：北京市朝阳区北苑路 180 号加利大厦 5 号楼 105 室
邮　　编：100101
编辑部：北京市海淀区花园路 6 号院 B 座 6 层
邮　　编：100088
电　　话：64924853（总编室） 64924716（发行部）
网　　址：www.zgyscbs.cn
E-mail：zgyscbs@263.net
经　　销　新华书店
印　　刷　北京市兴怀印刷厂
版　　次　2021 年 10 月第 1 版　　2021 年 10 月第 1 次印刷
规　　格　880 mm×1230 mm　　1/32　　7.5 印张
字　　数　230 千字
定　　价　42.80 元　　　　ISBN 978-7-5171-3710-8

诗词押韵，向来为古人所喜爱。明代的小说家们在其著作中普遍地运用诗、词、曲等多种形式来塑造人物形象、勾画故事情节以及表达观点看法。这种韵散结合的写作方法使小说语言更具诗意性和节奏感，更能吸引读者。作为我国第一部白话长篇小说，《水浒传》里的诗词有开篇诗、回目诗、人物诗、景物诗和收尾诗等，形式多样，内容十分丰富。

《水浒传》中的诗词刻画了许多个性鲜明的人物形象，这些刻画主要是围绕一百零八位人物来进行的。作者将千差万别的人物，按照他们的阶级、地位、个性、气质、风度、教养、脾气等情况，分别描写了他们特有的思想和性格。例如，李逵出场时有这样一首诗歌："黑熊般一身粗肉，铁牛似遍体顽皮。交加一字赤黄眉，双眼赤丝乱系。怒发浑如铁刷，狰狞好似猭猊。天蓬恶煞下云梯。"诗歌表现出了李逵的勇悍，无论是他的身材皮肤，还是五官相貌，都被刻画得活灵活现。第七十六回中，作者对秦明、关胜、林冲、呼延灼、董平、史进、杨志等大将的外形和性格的传神刻画，几乎都是用诗词来表现的。用诗词能够简洁传神地刻画人物形象，具有"诗化"的效果。在刻画人物形象时，作者借诗词来对人和事物作出评论，他的喜怒和爱憎都旗帜鲜明地体现在诗词中，表明了自己的审美情趣和思想倾向，对揭示事件的性质起到了有力的归纳和概括作用。例如第十回中，林冲被高俅陷害刺配沧州后，高俅仍然不肯罢手，对林冲落井下石，指使陆谦道："好歹要结果他性命。"可是这一机密被林冲曾经帮助过的李小二得知，帮助他逃过一难。这里便有一首诗："潜为奸计害英雄，一线天教把信通。亏杀有请贤李二，暗中回护有奇功。"这里把李小二写成"有情"的"贤"人，表现了作者鲜明的立场。

《水浒传》中的诗词有一大部分为写景诗，用以描绘自然环境和社会环境，同时还具有暗示人物命运、烘托主题的效果。例如，第十六

"智取生辰纲"中有大量的诗歌用以描写天气的炎热。"赤日炎炎似火烧，野田禾稻半枯焦。农夫心内如汤煮，公子王孙把扇摇。"这是借白胜之口吟诵诗歌来描绘天气炎热，同时揭示出社会矛盾，推动故事情节发展。《水浒传》中的诗词，还通过景物的描写来烘托人物的心理特征。如第十回描写雪景："凛凛严凝雾气昏，空中祥瑞降纷纷"，写出了环境的严峻。此时的林冲正处于命运的转折点，他心里的矛盾可想而知。这样的"雪景"烘托了他当时的心情，激化了心理矛盾，为他上梁山做了铺垫。又如第二十三回描写武松打虎的诗歌更为绝妙："无形无影透人怀，四季能吹万物开。就树撮将黄叶去，入山推出白云来。"这是对"风"的渲染，同时也衬托了老虎的威势，更烘托出武松刚毅勇猛的打虎精神。《水浒传》中还有部分写景诗词对城市、村镇、庄园、酒店等社会环境做了细致入微的描绘，构成了故事背景中极为重要的成分。例如第四回中描写山村酒店的诗，把山村酒店描写得活灵活现，使读者如临其境。

从结构上讲，《水浒传》中处于章回之首的诗歌多具有总领或概括主要内容的作用，结尾的诗歌往往具有总结过渡的作用。例如第十六回"智取生辰纲"，描写杨志醒来，发现丢失了生辰纲，便想寻个死处，撩衣破步，望黄泥冈下便跳。此时作者赋诗一句"虽然未得身荣贵，到此先须祸及身"，用以概括杨志的理想破灭。而第十七回，开篇也有诗："二龙山势耸云烟，松桧森森翠接天。乳虎邓龙真啸聚，恶神杨志更雕镌。人逢忠义情偏洽，事到颠危志益坚。背绣僧同青面兽，宝珠夺得更周全。"这首诗用在开篇，交代了二龙山的自然环境，概括了本章回的主要内容，让读者对本章节早有了解，以便更好地阅读。

纵观整本小说，《水浒传》的诗词在文本中的作用不可谓不大。这些诗词不仅使小说情节更为完整，而且具有可读性，同时使小说结构更加严谨，人物形象栩栩如生。

本书收集了《水浒传》中的部分诗词，按原书章回编排整理，对每首诗词都做了详细的注释和赏析，力图使读者通过这些诗词增进对《水浒传》这部名著的理解。

编　者

目录

引　首

引首词

　　试看书林隐处，几多俊逸儒流。虚名薄利不关愁，裁冰及剪雪①，谈笑看吴钩②。评议前王并后帝，分真伪占据中州③，七雄④扰扰乱春秋。兴亡如脆柳，身世类虚舟⑤。见成名无数，图形无数，更有那逃名无数。霎时新月下长川，江湖变桑田古路。讶求鱼缘木⑥，拟穷猿择木⑦，恐伤弓远之曲木⑧。不如且覆掌中杯，再听取新声曲度。

注　释

①裁冰及剪雪：吟诗作赋的意思。裁、剪，营构、制作。冰、雪，代指词意清新的文辞。
②吴钩：春秋时期吴国制造的铜刀，后泛指锋利的刀剑。
③中州：古代地区名称，与中土中原同义，或指全中国。
④七雄：指战国时期齐、楚、燕、韩、赵、魏、秦七个诸侯国。
⑤虚舟：无人操作，也无人乘坐的空船。比喻漂泊不定，不能自主。
⑥求鱼缘木：爬到树上去抓鱼，比喻方向、方法错误，就不能达到目的。缘，爬。
⑦穷猿择木：比喻困窘之人，因慌急而不能选择栖身之处。
⑧伤弓远之曲木：伤弓之鸟，见曲木而惶恐远避。曲木，弯曲如弓形的树木。

赏析

　　这首词是《水浒传》引首的第一阕词，可看作整部书的导语，反映了作者对于历史更替、朝代兴亡的客观看法，代表了作者真实的价值观和历史观。词总体表达的意思是那些"俊逸儒流"，他们淡泊名利，胸襟豁达，勘破了人世间的兴亡历数，故而浊酒一杯，管什么前王后帝，战国七雄，一并划进了书斋闲话，让人不禁联想到唐代诗人李白《将进酒》中所吟的名句"古来圣贤皆寂寞，惟有饮者留其名"，也间接表达了作者旷达的胸怀。词所要重点表达的重要内容在于词的后阕换韵。纵观历史，那些成名者也好，逃名者也好，指顾之间，沧海桑田，俱往矣！他们或一念之错，后果堪忧，终日里凄凄惶惶，何不把盏衔杯，听优伶度曲呢！正所谓"一壶浊酒喜相逢，古今多少事，都付笑谈中。"回到书中，历史是如此残酷无情，一本《水浒传》血迹斑斑、泪迹斑斑，多少英雄豪杰，终究还是被"忠""义"这些虚无缥缈的名利所断送。历史常感慨，何人问忠奸？空中设楼阁，道法明镜悬。全词语义深刻、意境超脱，读来如闻高僧念经、道士说法，对追逐名利有较深欲念的人来说，不啻是一记当头棒喝。古往今来，多少人为名利所累，多少人渴望看破名利但又最终陷入名利的泥沼？回首百年，能够为后世人所铭记的又有几个呢？联系到当下生活，每个人都生活在钢筋水泥构建的"城堡"里，周旋于各种各样的名利场之间。其实，倒不如放荡不羁一回，做一个"俊逸儒流"的人，冲破世俗的藩篱，摆脱工作生活的束缚，或来一次说走就走的旅行，或完成一件自己未完成的心愿，总好过成为名利的傀儡。

引首诗

纷纷五代①乱离间，一旦云开复见天。
草木百年新雨露。车书②万里旧江山。
寻常巷陌陈罗绮③，几处楼台奏管弦④。
人乐太平无事日，莺花⑤无限日高眠。

注释

①五代：指唐朝灭亡后中原地区依次更替的五个政权，即后梁、后唐、后晋、后汉、后周。

②车书：车与书，此指统一天下。

③寻常巷陌陈罗绮：此句翻用唐人刘禹锡《乌衣巷》诗意，谓民享安乐，生活富庶。

④管弦：管乐器和弦乐器，这里泛指音乐。

⑤莺花：莺与花，泛指可以赏玩的春日景物。

赏析

这是引首部分的开篇诗，叙事风格更为明显。

前两联讲述了宋太祖一统天下，结束了五代战乱的局面。政局如云开见日，生活如草木沐浴新雨，从此天下统一。寻常巷陌中可见锦衣华服的人们，楼台上不时传来悠扬的音乐；百姓安居乐业，春日里可以悠闲地赏玩春景。

首联以"云开复见天"比喻五代十国的战乱如阴云蔽天。江山一统，拨云见日，"复"既写政权更替的反复，又表现出统一天下的愿望最终达成的喜悦。颔联又有比喻，百年间百姓性命如同草芥，天下统一恰如新雨露，给他们带来了生的希望与活力。对太平盛世的描写，着眼于人们的衣着与生活，细致处便是社会生活的真实反映。

作者引宋朝隐士邵尧夫的诗句置于全文卷首，还是颇有深意的。金圣叹点评道："一部大书，诗起诗结，天下太平起，天下太平结。"

引首结诗

万姓熙熙化育①中，三登②之世乐无穷。

岂知礼乐笙镛③治，变作兵戈剑戟丛。

水浒寨中屯节侠，梁山泊④内聚英雄。

细推治乱⑤兴亡数，尽属阴阳造化⑥功。

注 释

①熙熙：和乐的样子。化育：变化生育。
②三登：天下太平的意思。
③笙镛（yōng）：古代乐器名。镛：大钟。
④梁山泊：泽名，在山东省寿张县东南梁山之下。河道南徙，发止淤填，遂成平陆。
⑤治乱：指政治的开明与纷乱。
⑥造化：自然。

赏 析

本诗在引首与正文的连接处，对全书有概括性的作用。

首联承接引首，描写三代的太平盛世；颔联中"礼乐笙镛"代表的太平之景与"兵戈剑戟"代表的乱世之景的对比，表现了天下形势变化之快。

这首诗生动地揭示了治乱兴衰，都是矛盾变化着的双方所促成的必然结果。原来是礼乐笙镛的太平盛世，想不到也会走向它的反面，发生兵戈相向的动乱局面。为什么会这样呢？古人云"屋漏在上，而知之者在下""安危治乱，在上之发下也"。当民众不堪忍受残酷的压迫时，便会上演"逼上梁山"的历史活剧。这未尝不可以看作是作者的一种暗示。

文中诗歌之前有一段话讲述的是瘟疫使得三十六天罡、七十二地煞下凡，闹遍赵家社稷，这应该是天下变化的原因了。但有意思的是，在道教传说中，天罡、地煞皆为神人，一起合作降妖伏魔。

那么，关于赵家三世治理的到底是国泰民安的太平盛世还是奸佞当道的黑暗乱世，似乎要重新定位了。

天罡、地煞一百零八位神人下凡，成了水泊梁山的一百单八将。

第一回

和贾舍人早朝大明宫之作

绛帻鸡人报晓筹^①，尚衣方进翠云裘^②。

九天阊阖^③开宫殿，万国衣冠拜冕旒^④。

日色才临仙掌^⑤动，香烟欲傍衮龙浮^⑥。

朝罢须裁五色诏^⑦，佩声归到凤池^⑧头。

注释

①绛帻（zé）鸡人：绛帻，用红布包头似鸡冠状。鸡人，古代宫中于天将亮时，有头戴红巾的卫士在朱雀门外高声喊叫，好像鸡鸣，以警百官，故名鸡人。晓筹：即更筹，夜间计时的竹签。

②尚衣：官名，掌管皇帝的衣服。翠云裘：饰有绿色云纹的皮衣。

③九天阊阖（chāng hé）：九天，谓宫中。阊阖，宫门。

④衣冠：指文武百官。冕旒（liú）：古代帝王、诸侯及卿大夫的礼冠。旒：冠前后悬垂的玉串，天子之冕十二旒，诸侯九，上大夫七，下大夫五。这里指皇帝。

⑤仙掌：掌为掌扇之掌，也即障扇，宫中的一种仪仗，用以蔽日障风。

⑥香烟：这里是和贾至原诗"衣冠身惹御炉香"意。衮龙：即卷龙，指皇帝的龙袍。浮：指袍上锦绣光泽的闪动。

⑦五色诏：用五色纸写的诏书。

⑧凤池：中书省所在地。

赏析

　　这是王维所作的一首诗。

　　诗一开头，诗人就选择了"报晓"和"进翠云裘"两个细节，显示了宫廷中庄严、肃穆的特点，给后面要描写的早朝制造气氛。"进"字前着一"方"字，表现宫中官员各遵其职，工作有条不紊。中间四句正面写早朝。诗人以概括叙述和具体描写的方法来表现场面的宏伟庄严和帝王的尊贵。层层叠叠的宫殿大门如九重天门，迤逦打开，深邃伟丽；文武百官拜倒丹墀，朝见天子，威武庄严。以九天阊阖比喻天子住处，大笔勾勒了"早朝"图的背景，气势非凡。

　　如果说颔联是从大处落笔，那么颈联则是从细处着墨。大处见气魄，细处显尊严，两者互相补充，相得益彰。颈联通过描写仙掌挡日、香烟缭绕的景象制造了一种皇庭特有的雍容华贵氛围。尾联扣题，说舍人贾至又要匆忙地赶到中书省去起草诏令了。

　　作者在回首借用此诗铺陈渲染，写出了早朝时庄严华贵的气氛，别具艺术特点。

行路风景词

遥山叠翠，远水澄清。奇花绽锦绣铺林，嫩柳舞金丝拂地。风和日暖，时过野店①山村。路直沙平，夜宿邮亭②驿馆③。罗衣④荡漾红尘内，骏马驱驰紫陌⑤中。

注 释

①野店：荒郊的客栈。

②邮亭：邮递活动中的一种设施，指古时传递文书的人沿途休息的处所，或邮局在街上设立的收寄邮件的处所，看起来像一个亭子，所以称为邮亭。

③驿馆：驿站的客舍。

④罗衣：轻软丝织品制成的衣服。

⑤紫陌：大路。紫，指道路两旁草木的颜色。陌，本是指田间的小路，这里借指道路。

赏 析

《水浒传》中经常以诗词的形式进行事物或景物的描写，比起一般的散文化描写，除了优美的画面外，还多了音韵上的和谐。

这首词描写的是洪信一行人带着诏书，从东京到信州沿途所见。

景色由远景展开，山水一出，画面纵向延展千里：最远的地方染着一层叠一层的翠绿色，水面澄澈透亮。

接下来是近景的描写：路边到处是怒放的奇花和嫩枝垂地的柳树。"铺"字写出了花路由近及远展开的过程；柳枝轻触地面本是自然状态，"拂"字则道出柳条对大地的爱恋。两个动词化静为动，使整个画面充满了情趣。

按照传统的写景叙事习惯，景物描写之后则是一行人的行路过程，经过一村又一村，住过一驿又一驿。虽然路途遥远，但是能在这样的美景中赶路，宛若在画中行走，也会让人身心愉快。

虎啸山林

毛披一带黄金色，爪露银钩十八只。

睛如闪电尾如鞭，口似血盆牙似戟①。

伸腰展臂势狰狞，摆尾摇头声霹雳。

山中狐兔尽潜藏，涧下獐狍②皆敛迹。

注释

①戟（jǐ）：我国古代独有的兵器。实际上戟是戈和矛的合成体，它既有直刃，又有横刃，呈"十"字或"卜"字形。

②獐狍：鹿一类的动物，比鹿小，夏季毛呈栗红色，冬季毛呈棕褐色，雄性狍有分枝状的角。

赏析

《水浒传》中写到老虎的地方有三处：洪太尉遇虎、武松打虎、李逵杀虎，可谓各有千秋。洪太尉遇虎，都是关于老虎的描写，而后面两位英雄遇虎时有颇多人虎相斗的场景。

洪太尉遇到的这只老虎，毛色金黄，利爪闪着银光，光是这金银两色就让人觉得威武。后两句连用四个比喻，以闪电写眼神的犀利，以如鞭写尾巴的有力，以血盆喻老虎张口时的凶猛，以戟喻牙齿的锋利。再加上前两句的描写，勾勒出百兽之王令人生畏的气场。

接下来还是直接描写，写老虎的动态。它伸腰展臂，面目狰狞；摇头摆尾，叫声如霹雳震耳欲聋，动起来更是让人感到震撼。

之后，作者用狐兔潜藏、獐狍敛迹来描写其他动物闻风而逃的反应，从侧面体现了老虎的威猛。

第二回

对战词

一来一往，一上一下。一来一往，有如深水戏珠龙；一上一下，却似半岩争食虎。左盘右旋，好似张飞敌吕布；前回后转，浑如敬德战秦琼。九纹龙忿怒，三尖刀^①只望顶门飞；跳涧虎生嗔^②，丈八矛^③不离心坎刺。好手中间逞好手，红心里面夺红心。

注 释

①三尖刀：三尖刀属长兵器，又称三尖两刃刀，古代武器的一种。
②跳涧虎生嗔（chēn）：跳涧虎，陈达的绰号。嗔，怒，生气。
③丈八矛：中国古代武器的一种。

赏 析

陈达打算到史进庄上打劫粮食，史进却已有防范。史进带领史家庄人在村北路口抵抗贼人的进攻时，他与陈达都在马上以各自的兵器相搏，打斗的动作非常清晰。

首句总领后两句。两位习武之人，一人手持丈八点钢矛，另一人惯使三尖两刃刀，长兵器对长兵器，交马对刺，来往几回。

打斗的场面有远景描写，有近景描写，有细节描写，由远及近，节奏慢慢加快，气氛越来越紧张，使读者仿佛置身于二人相斗的场景中。

语言对仗工整，如"有如"对"却似"，"深水"对"半岩"，"戏珠龙"对"争食虎"。每一句都是两两相对，这才有了朗朗上口的感觉。

中秋赏月

午夜①初长，黄昏已半，一轮月挂如银。冰盘②如昼，赏玩正宜人。清影③十分圆满，桂花玉兔④交馨。帘栊高卷，金杯频劝酒，欢笑贺升平⑤。年年当此节，酩酊⑥醉醺醺。莫辞终夕饮，银汉⑦露华新。

注释

①午夜：夜半。
②冰盘：喻月之清冷团圆。
③清影：月光之影。
④玉兔：指月。俗传月中有兔，故以玉兔为月之代词。
⑤升平：太平。
⑥酩酊：大醉。
⑦银汉：天河，亦即银河。

赏析

中秋佳节，史进吩咐杀鸡鹅宰羊，打算与朱武、陈达、杨春三个头领一起过节。这首词写的是客人来之前，圆月初升时的情景。

圆月升起，清光下泻人间，如同白昼，正是赏玩的好时光。月影团圆，好像看得见那影影绰绰的桂树和那捣药的玉兔。好友相聚乃人生乐事，高高地挑起帘栊，推杯换盏，喜庆升平，但愿年年此日，良朋笑聚，举杯赏月，畅饮终宵，此乐何如！

中国人民在古代就有"秋暮夕月"的习俗。在北宋京师，八月十五夜，满城人家，不论贫富老小，都要穿上成人的衣服，焚香拜月说出心愿，祈求月亮神的保佑。南宋，民间以月饼相赠，取团圆之意。

史进准备了酒肉，招待朱武等同赏中秋月，反映了水浒人物向往美好生活的一面。

第三回

史进毁家诗

暑往寒来春复秋，夕阳西下水东流。

时①来富贵皆因命，运②去贫穷亦有由。

事遇机关③须进步④，人当得意便回头。

将军战马今何在？野草闲花满地愁。

赏 析

　　第二回和第三回主要说了史进本是富家子弟，但是结交了在华山落草为寇的朱武等人，便惹来了官府缉拿，最后一把火烧掉了自家宅院的故事。

　　这是一首慨叹人生并带有警示劝诫意味的诗。此诗一开篇便营造出了一幅时光流转的景象，给人一种宏伟阔大的感觉，似有"问苍茫大地，谁主沉浮"的无力感。在时间面前，一切都显得渺小、脆弱，因为时间终将洗刷并淹没一切。在此，本诗的基调也就显现出来了：不必过于执着、留恋甚至陷溺于某一事物。由此铺展开来，所谓的功名富贵、死生穷达及时运的好坏飘忽不定，难以捉摸，都是命运使然。似乎强求的努力都只是徒劳，只会不断地枉增自己的烦恼与痛苦，因为时运的不确定性会让你的付出没有结果，很有可能是接二连三的打击。在此种状况下，你会感到心力交瘁，说不痛苦和没有烦恼也似乎是自欺欺人。因而，还是顺从命运为好。具备了这种心态，接下来，在碰到失败的时候，仍不放弃，依旧保持着向上的姿态，拥有那份不以己悲的镇定；而在春风得意、功成名就之时，也不会因为过于欣喜而迷失了自己，以至于找不到方向。在此时，需要的是不以物喜的淡然与豁达。什么功，什么名，最终还不是化作棺材上的一粒尘埃。最后一句是对全诗的定音，回应句首。那些曾经有过激烈争斗、血腥厮杀的地方，如今只剩下零星的野草和散乱的闲花。可以说这是对那些好战和野心太强的人的辛辣讽刺，在那些争夺中，没有谁是真正的胜利者，因为这一切都化作云烟消散了。他们甚至还不如这些野草闲花，野草闲花或许拥有了天长地久，而他们却始终无法拥有。就是这样，到最后他们什么都没有。我们看到的好像只是由野草闲花所勾起的无限愁意。这样的结局让人感觉很残酷，但这是真实的存在。

潘家酒肆歌

风拂烟笼锦斾①扬，太平时节日初长。

能添壮士英雄胆，善解佳人愁闷肠。

三尺②晓垂杨柳外，一竿③斜插杏花傍。

男儿未遂平生志，且乐高歌入醉乡。

注释

①锦斾：亦称酒望、酒帘、青旗、酒旗等。酒旗相当于现在的招牌、灯箱或霓虹灯之类。在酒旗上署上店家字号，或悬于店铺之上，或挂在屋顶房前，或干脆另立一根望竿，扯上酒旗，让其随风飘展，以达到招揽顾客的目的。
②三尺：指酒旗的大小。
③一竿：指的是望竿，用于悬挂酒旗。

赏析

这首诗写李忠、史进、鲁达在渭州城中邂逅，相约酒家一聚。《水浒传》中写到很多酒家，大大小小有三十余处，除了渭州的潘家酒楼、汴京的樊楼、大名府的翠云楼、江州的浔阳楼这些城市中的大酒家外，还有巷口酒店、水阁酒店、官道酒店和村落酒肆等，是我国古代酒家形象的一次生动传神的展现。这一首诗写的是潘家有名的酒肆。诗前交代，酒肆"李白点头便饮，渊明招手回来"。李白和陶渊明都是爱酒之人，能在这里饮酒，自然可知这家酒肆之好。

这家酒肆非常有代表性，早上有酒，门口斜插望竿，上挂酒旗以招揽客人。酒肆周边环境优雅，州桥之下，门前有垂柳杏花。再加上当天微风拂面，甚是惬意！

此诗前面六句，萎靡不振，一派消沉不平之气；结尾两句，点明了萎靡和消沉的原因，原来是因为"未遂平生志"，所以才"且乐高歌入醉乡"。再看小说中的三人，鲁达是个性格豪放、行侠仗义的性情中人，没有什么远虑长谋。史进的性格颇近鲁达，但豪放之气不足。

李忠呢，眼里更多的是钱利，也就无所谓什么"平生志"了。鲁达实际上是很看不起此人的。这在三人酒到半巡时就表现出来了。鲁达想救助被镇关西欺凌的金家父女，身边银子只有五两，嫌少，于是向史李二人开口借。史进表现得非常大方，甩手就是十两银子，且申明"直甚么，要哥哥还"。而李忠，只摸出二两，还小气得不敢吭声。鲁达当场就冷眼看他"也是个不爽利的人"。把自己和史进的十两银子一起给了金父，二两银子则马上丢还给了李忠。这首怀志不遇的诗，那一股桀骜不平的英雄气概，不是为小说中人而发泄，而是为作者自己发出的不平和同情。实际上，作者自我中的一部分精神，完全寄放在了梁山好汉鲁达身上。作者塑造的本色英雄鲁达，正是从施耐庵自我精神中的那一股不平而怒的英雄之气幻化而成的。

第四回

文殊院品茶

玉蕊金芽①真绝品，僧家制造甚工夫。

兔毫盏②内香云白③，蟹眼汤④中细浪铺。

战退睡魔⑤离枕席，增添清气入肌肤。

仙茶自合桃源种，不许移根傍帝都⑥。

注 释

①玉蕊金牙：皆指茶叶之初生者。玉蕊，指茶叶采摘时极嫩，只有一芽，玉色。金芽，
金色的茶芽，比喻茶叶极为珍贵。

②兔毫盏：宋朝建窑最具代表的产品之一。在黑色釉中透露出均匀细密的筋脉，因形状
犹如兔子身上的毫毛一样纤细柔长而得名。

③香云白：指茶汤的颜色，茶色贵白。

④蟹眼汤：初沸的水。

⑤睡魔：指人受强烈睡意的侵袭。

⑥帝都：天子居处称帝都。

赏 析

　　这首诗以写茶寓意，首联单道茶的品位，既称绝品，可见其名
贵程度，顺势补写出僧人制茶之难。颔联说茶具以及泡茶的技艺，

有根有据。接下来写饮茶能驱除睡魔，提神益气，确有非凡功用。尾联意蕴深邃，他说茶生于桃源，自是生逢其地，却不可移近帝都。

《水浒传》是研究宋朝历史的一幅风俗画卷，也是一部描写宋朝人"吃喝"的百科全书，除了描写梁山好汉这些粗人"大碗喝酒、大块吃肉"的江湖生活，还有对社会精英生活的记录。茶文化也是世俗生活与精英生活不同之处的一大体现。

通过品味水浒茶文化可以知晓三点，一是当时茶馆很普及，二是茶馆内茶的品种很丰富，三是茶文化已经和民俗融合在一起了，文人雅士更是将饮茶与礼仪结合起来，形成一套喝茶礼仪，给茶文化增添了更为丰富的文化底蕴。诗中写到的兔毫盏，是当时最佳的茶具。兔毫盏不但被苏轼、黄庭坚等文豪赞美和追捧，也深受宋徽宗的喜爱。

只是，《水浒传》中使用兔毫盏的却不是宋徽宗，而是鲁智深的师父智真长老。黑色的兔毫盏中，盛着白色的茶汤，盏、茶合璧，堪称双绝：智真长老真是好品位、好享受。只是，作者没有安排宋徽宗使用他所喜爱的兔毫盏，却将他不喜欢的定窑白瓷塞给他用，要是宋徽宗泉下有知，也会大呼遗憾。诗句末尾对于茶的生长地的描写，我们不妨看作作者的一种隐喻和伏笔，借茶喻人，英雄一旦离开了英雄的土壤，归附朝廷，便可能会失去英雄的本色。

醉歌行

金瓯潋滟倾欢伯①，双手擎②来两眸白。

延颈长舒似玉虹③，咽吞犹恨江湖窄。

昔年侍宴玉皇前，敌饮④都无两三客。

蟠桃烂熟堆珊瑚，琼液浓斟浮琥珀⑤。

流霞⑥畅饮数百杯，肌肤润泽腮微赤。

天地闻知酒量洪，敕令受赐三千石。

飞仙劝我不记数，酩酊神清爽筋骨。

东君⑦命我赋新诗，笑指三山咏标格⑧。

信笔挥成五百言，不觉尊前堕巾帻⑨。

宴罢昏迷不记归，乘鸾误入云光宅⑩。

仙童扶下紫云来，不辨东西与南北。

一饮千钟百首诗，草书乱散纵横划。

注释

①金瓯：酒杯的美称。潋滟：水满的样子。欢伯：酒的别称。

②擎：满怀敬意地向上托举。

③玉虹：喻流水。

④敌饮：对饮。

⑤琥珀：指美酒。

⑥流霞：传说中神仙喝的饮料。

⑦东君：指日神。

⑧三山：传说中的海上三神山——方丈、蓬莱、瀛洲。标格：风范、品格。

⑨巾帻：头巾，以幅巾制成的帽子。

⑩云光宅：云光殿。

赏析

作者引用了张旭的《醉歌行》，用来说明鲁达在文殊院第一次醉酒的情景。饮酒者鲁达在酒醉后的言行举止也甚是可爱。

前四句写杯中斟满美酒，饮酒人双手举杯，伸长脖子，把美酒一饮而尽还觉得不够痛快。

接下来十句讲喝得飘飘欲仙时，以夸张手法讲述自己在仙境畅饮百杯无敌手，只是稍微有点脸红而已。天帝看自己酒量大，赐酒三千石，不知道喝了多少杯直到酩酊大醉才觉得神清气爽。一个醉汉，一边饮酒，一边吹牛，人物形象栩栩如生。

饮酒者并没有神志不清，醉酒之时还能赋新诗，咏标格，可见其才情之大。

最后六句可以看出饮酒者是真的喝醉了，此时分不清方向，读者完全可以想象出他东倒西歪的模样。

　　鲁达是一个粗人，自然不会像张旭这样醉酒后还能赋诗。作者的目的是以诗中酒醉之人来描摹鲁达从畅饮到絮语，再到烂醉的饮酒过程和醉态。

傍村酒肆歌

傍村酒肆已多年，斜插桑麻古道边。
白板凳①铺宾客坐，矮②篱笆用棘荆编。
破瓮榨成黄米酒③，柴门挑出布青帘④。
更有一般堪笑处，牛屎泥墙⑤画酒仙。

注 释

①白板凳：没刷油彩的白板凳。
②矮：有的版本作"须"。
③黄米酒：软谷米或者大黄米自然发酵酿制的米酒。
④布青帘：用青布做的酒幌。
⑤泥墙：涂饰、粉刷墙壁。

赏 析

　　鲁智深在五台山下找了很久才找到一家肯卖给他酒吃的酒肆。本诗勾勒出一幅乡村酒肆的画卷。

　　这是一家有年头的、位置偏僻的酒肆，门前有一条小路连着古道。客人们坐的是没有刷油彩的白板凳，围墙是以荆棘编成的篱笆矮墙。破瓮盛着黄米酒，门是柴门，酒幌是青布帘。一连串的侧面描写，未有一字言简陋，却处处尽显酒肆的简陋。

可是这些依然掩盖不住酒肆的特别之处：更为简陋的牛屎墙上居然还有画，画的是酒仙。既体现出酒肆的经营特色，又寄托了酒肆主人的美好愿望——来的客人酒量不俗。

朴实的店铺配上平实的语言，使人对乡村酒肆的感受更加形象、强烈。与前文有名的潘家酒肆比，从环境到装潢，再到客人，乡野酒肆自然无法与之相比。但是，什么风格的描述，就搭配什么风格的语言。作者的语言功力实在让人赞叹！

第五回

山村暮景

山影深沉，槐阴渐没。绿杨影里，时闻鸟雀归林。红杏村中，每见牛羊入圈。落日带烟生碧雾①，断霞②映水散红光。溪边钓叟③移舟去，野外村童跨犊归。

注释

①碧雾：青色的云雾。
②断霞：片段的云霞。
③钓叟：钓翁，渔翁。

赏析

这首词描写了鲁智深离开五台山文殊院，前往东京途中所见之景。

开头两句交代时间，山影与树荫是光线不明产生的，现在渐渐消失，预示着天快要黑了。山影是远景，树荫是近景，远近结合，一个"渐"字仿佛让读者感觉到一丝丝的光亮正被一点点抽走。

"绿杨影""红杏村"不一定是实写颜色，但是"绿""红"相对，着色亮丽活泼。倦鸟知回，牛羊归圈，彩色静景加上鸟儿、牛、羊的活动，营造出静谧温馨的气氛。

"落日带烟生碧雾，断霞映水散红光"两句，再转向对远景的描绘，光与雾气产生了神奇的作用，画面的背景也着色了。读者的视野从具体的景物又被拉到了极远处，画面随之开阔起来。

最后两句，这幅山水画中的人终于出现了：渔翁划着小船，牧童骑着小牛，他们从画卷的一端慢慢地、悠闲地移向画卷的另一端。

山居暮景，一切都是那么自然而静雅。难怪鲁智深会贪看秀丽山水而赶不上投宿处。

第七回

乐天吟

在世为人保七旬，何劳日夜弄精神①。

世事到头终有尽，浮花过眼总非真。

贫穷富贵天之命，事业功名隙里尘②。

得便宜处休欢喜，远在儿孙近在身③。

注 释

① 弄精神：指运用心机。

② "事业"句：比喻迅速逝去，科第功名恰如白驹过隙与飘逝的飞尘一般。

③ "远在"句：指一个人作了恶，往远说可以殃及子孙，往近说就会在自己身上遭到报应。

赏 析

这首诗表达了看破世情、知足常乐的好处。

人生在世，保证自己的寿命在 70 岁以上，不要费尽心机，日夜操劳。人间万物总有穷尽的一天，世间万事到头来都是过眼云烟。贫穷富贵自有天命，科第功名恰如白驹过隙与飘逝的飞尘一般。一个人作了恶，暂时得了便宜，不要高兴太早，往远说可以殃及子孙，往近说就会在自己身上遭到报应。

既然认识到生命的短暂了，又何必忙忙碌碌，白日营营、暮夜惶惶地机关用尽呢？到头来，才觉出它们不过是过眼云烟般的空虚，今日花开，明朝花谢，说什么穷通富贵，利禄功名，它们就像白驹过隙般的匆遽短促；就像大气微尘般的无足轻重，还有什么值得争来争去，枉自费尽了心机，挣断了腰肢！即便是眼前占了便宜，又有什么值得欢喜的？人能悟此，则几近于"宠辱皆忘"的超然之境了！

赏宝刀

清光夺目，冷气侵人。远看如玉沼①春冰，近看似琼台②瑞雪。花纹密布，鬼神见后心惊。气象纵横，奸党遇时胆裂。太阿巨阙③应难比，干将莫邪④亦等闲。

注释

①玉沼：清澈晶莹的水塘。
②琼台：玉饰的楼台。
③太阿：古宝剑名，相传为春秋时欧冶子、干将所铸。巨阙：古代名剑，相传为春秋时期铸剑名师欧冶子所铸，巨阙钝而厚重，但其坚硬无比，故号"天下至尊"，其他宝剑不敢与之争锋。
④干将莫邪：干将、莫邪铸的两把剑。干将是雄剑，莫邪是雌剑。

赏析

小说中好的兵器会产生"气"，比如剑有"剑气"。这里的宝刀也有"刀气"，刀气袭人。水塘上结的薄冰，写刀体的透感；楼台上覆盖的瑞雪，写刀的颜色。用鬼神和奸党见后的反应，从侧面表现宝刀散发出来的正气。

　　作者运用对比手法，将此刀与世上名剑太阿、巨阙、干将、莫邪相比。这四把剑本就是不可多得的神器，可是这把刀能令它们失色，足见铸造得有多精妙。

第九回

官道酒店

古道孤村，路傍酒店。杨柳岸晓垂锦旆，杏花村风拂青帘[①]。刘伶仰卧画床前，李白醉眠描壁上。闻香驻马，果然隔壁醉三家。知味停舟，真乃透瓶香十里。社酝壮农夫之胆，村醪助野叟之容。神仙玉佩曾留下，卿相金貂也当来。

注 释

①青帘：旧时酒店门口挂的幌子，多用青布制成。

赏 析

鲁智深大闹野猪林救下林冲后，与押解林冲的两个差人，一行四人来到官道上的一家酒店。这家酒店与前文村镇的酒店有所不同。

"杨柳岸"在古代诗词中是一个有特殊含义的意象，多代指分别之处。结合官道这一场景，本诗中的杨柳岸可能不是写实之景，只是借之表明"在旅途"。杏花村，因为一句"借问酒家何处有，牧童遥指杏花村"而成为酒家的代名词。这两句连起来讲述的就是官道上有一家酒店，门口挂着酒旗，旗子在晨风中轻扬。

　　这家酒店的装修显然要比"牛屎泥墙画酒仙"的简陋村店好太多，室内墙上画的是饮酒界的名人刘伶与李白。"闻香驻马""知味停舟"是客人对酒的反应，两个侧面描写突出了"酒香留客"的特点。"醉三家，香十里"是对酒香的描写，似乎这还不能充分地体现酒的醇香，作者用夸张手法进一步描写：酒香穿越墙壁还能醉三家，香气穿透瓶壁还能飘香十里。

　　只写酒香还不够，还要写酒有多好喝。农夫、野叟自然不必说，就连神仙、卿相都要押下玉佩和金貂换酒喝。这是一个侧面描写加夸张手法，不写客人的赞美之词，而用客人宁可典当了随身宝物也要换酒的行为，淋漓尽致地表现出美酒之妙。

第十回

临江仙·作战成团空里下

作阵成团空里下，这回忒^①杀堪怜。剡溪^②冻住子猷^③船。玉龙鳞甲舞，江海尽平填。

宇宙楼台都压倒，长空飘絮飞绵。三千世界玉相连，冰交河北岸，冻了十余年。

注释

①忒：太。
②剡溪：水名。
③子猷：晋王徽之的字。王徽之居会稽时，雪夜泛舟溪，访戴逵，至其门不入而返。人问其故，则曰："本乘兴而行，兴尽而返，何必见戴！"遂传为佳话。

赏析

林冲被刺配沧州看守军队的草料场。在去草料场的路上，"却早纷纷扬扬卷下一天大雪来"。这首诗便是描写了雪之大和雪之密。

开头便是一团一团的雪从天空砸下来。作者借雪夜访戴的典故，说王徽之当年访戴逵的那场大雪根本算不得什么，这场雪都已将溪水冻住了。此处典故用其事，可以凸显雪之大。

"玉龙鳞甲舞，江海尽平填。"这两句可以说是对雪景动态的直接描写。风夹着雪漫天飞舞，风力强劲之处，雪借风形仿佛凝成了一条白色的玉龙，玉龙过处，雪花纷飞，好似龙的鳞甲乱舞。雪很快将大地覆盖了，到处白茫茫一片。前一句比喻写雪之密，后一句夸张写雪之大。结合前句用典，上片写雪虚实相生。

下片开头就用"絮""绵"比喻雪片的大；用"玉"字比喻银装素裹的世界；夸张手法写雪之大，压倒了宇宙间的所有建筑。其实也不全然是夸张，后文中林冲住的草屋就被大雪压塌。也多亏这场大雪压塌草屋才救了林冲一命，看来一开始就让雪下如此之大，对后文故事情节发展有一定的推动作用。

草料场大火

一点灵台，五行①造化，丙丁②在世传流。无明③心内，灾祸起沧州。烹铁鼎能成万物，铸金丹④还与重楼。思今古，南方离位⑤，荧惑⑥最为头。绿窗归焰烬，隔花深处，掩映钓渔舟。鏖兵赤壁，公瑾喜成谋。李晋王醉存馆驿⑦，田单在即墨驱牛⑧。周褒姒骊山一笑⑨，因此戏诸侯。

注 释

①五行：指金、木、水、火、土。
②丙丁：古人以天干配五行，丙火属纯阳之火，丁火属纯阴之火。
③无明：佛家语。指暗钝之心，无明了诸法事理之心。
④金丹：指仙人道士炼制的不老药。

⑤离位：八卦中离位为火，为南方。

⑥荧惑：火神名。也称荧惑星。

⑦"李晋王"句：李克用因平黄巢有功，被封为晋王。朱温为答谢李克用出兵相助，在
汴州驿馆上源驿设宴款待。李克用年轻气盛，在酒席上异常骄横。当天晚上，朱温包
围了驿馆，纵火放箭，想斩草除根。李克用在亲随的保护下，加上雷雨掩护，总算捡
了条命。

⑧田单：战国时齐将，在即墨以火牛阵破燕。即墨：旧县名，战国时齐邑。故城在山东
省平度市东南。

⑨褒姒：周幽王宠妃。骊山：在陕西省临潼区东南。

赏析

林冲见草厅被雪压倒，便去山神庙里暂避，忽闻"毕剥"之声，
从门缝间看时见草料场火起，《草料场大火》即描写这场大火的一
首词。

这首词每句都暗扣一个"火"字。第一句灵台一点是火，丙丁
在五行方位当中也是火。第二句发怒时候常说心头起了无明怒火，
所以无明心内也是火。第三句烹鼎炼丹还是用火。第四句离位指八
卦中的离，代表火，荧惑是火星代称，如同金星称太白，启明木星
称太岁。第五句讲到火焰。第六句火烧赤壁。第七句，五代十国李
克用借火逃生，战国田单火牛计光复齐国。第八句烽火戏诸侯。总
之全文句句不离火字，使人如置身火焰山下，大有火焰炙人之势。

林冲被高俅陷害，家破人亡，发配沧州，他还是极力克制，
忍耐。这一天正值风狂雪骤，草厅被雪压塌，鬼使神差地使他躲
到山神庙避雪。发现草料场起火，他还揣着一颗善心，准备开门
去救火。当他听到陆谦的话，感到还乡梦终于破灭。作者越是
写火的凶猛，越是显示了林冲反抗的胆气，这就是所谓蓄势的
作用。

第十一回

念奴娇·雪

天丁震怒[1]，掀翻银海，散乱珠箔[2]。六出[3]奇花飞滚滚，平填了山中丘壑。皓虎颠狂，素麟猖獗[4]，掣断珍珠索。玉龙酣战，鳞甲满天飘落[5]。

谁念万里关山，征夫僵立，缟带沾旗脚[6]。色映戈矛，光摇剑戟，杀气横戎幕[7]。貔虎豪雄，偏裨英勇，共与谈兵略[8]。须拼一醉，看取碧空寥廓[9]。

注释

① 天丁：天兵，一说为天上的六丁神。震怒：大怒，异常愤怒。
② 珠箔：即珠帘。
③ 六出：雪花六角，因此用之为雪花的别名。
④ 皓虎：白色的老虎。素麟：白色的麒麟。
⑤ "玉龙"二句：张元的诗句有"战罢玉龙三百万，败鳞残甲满天飞"一说，以此形容飞雪。
⑥ 征夫：指出征的军士。僵立：因寒冷而冻得僵硬直立。缟带：白色的衣带。
⑦ 戈矛：古代兵器。戎幕：行军作战时的营帐。
⑧ 貔（pí）虎：貔和虎。比喻勇猛的军队。偏裨（pí）：偏将和神将，古时将佐的通称。兵略：用兵的谋略。
⑨ 寥廓：广远、空阔的样子。

赏析

林冲死里逃生，离开草料场，醉倒在雪地之中，巧遇柴进。作者引用金人完颜亮这首《百字令》，对大雪进行了描写，借用词中的豪迈之气给林冲"壮那胸中杀气"。

这首长调《念奴娇》词，写得雄奇豪放，神采飞扬，为我们展示了一幅壮阔恢宏的北国雪景图。词的上阕，作者以比喻和夸张的手法，通过丰富的想象，极力渲染大雪的气势和力度。雪花滚滚，飘飘而落，如天神发怒，玉龙酣斗，白虎争雄，珍珠散洒，雄奇瑰丽，令人叹为观止。下阕把视角从天上转到人间，集中笔力写雪中的将士，他们或雪中挥戈，剑气光寒；或守营而立，雪沾旗脚；或帐中相聚，共论方略，在那万里关山中显得英姿勃发，充满了无限豪情。作者这样融天上人间、雪势人情为一体，组成了这首生动形象的咏雪佳章，令人悠然神往。

书中此处引用这首气势磅礴的咏雪词，恰如其分地表达了对于英雄林冲九死一生，不仅逃离草料场，更杀死了前来追杀的仇人，最终得救的喜悦心情，成为林冲上梁山的一个重要转折点。

林冲题壁诗

仗义是林冲，为人最朴忠。
江湖驰闻望①，慷慨聚英雄。
身世悲浮梗②，功名类转蓬③。
他年若得志，威镇泰山④东。

①闻望：名誉和声望。
②浮梗：浮在水面的萍梗，比喻漂流无定。
③转蓬：随风飘转的蓬草。
④泰山：山名，为五岳之首，在山东省泰安境内。

赏析

林冲大雪之夜离开沧州，感怀身世，在朱贵酒店乘酒兴题此诗于墙上。

诗中自述为人，以及在江湖上闯出的名望，然则屡遭磨难，使得他如漂萍断梗，功名无望。读来令人心灰意懒。但结句突转，于衰落中忽作振奋，气势雄劲，显示了他内心深处的反抗精神。

林冲是《水浒传》中塑造得最为成功的形象之一，是唯一一个严格意义上被逼上梁山的人物。他从一个安分守己的八十万禁军教头被逼成了所谓的"强盗"，从温暖安宁的小康之家被迫走上了梁山，可以说如果没有恶势力的步步逼迫，就成就不了豹子头林冲。太尉高俅的干儿子看上了林冲貌美如花的妻子，三番五次调戏并想乘机施暴。身为丈夫的林冲，为了保护妻子，得罪了太尉，故而遭到了报复。高太尉设计让林冲买了自己的宝刀，后以看刀为名将林冲骗入了白虎堂。而白虎堂乃军机重地，不允许带兵器入内，且高太尉指控林冲欲行刺自己。林冲因此被判携刃私入白虎堂，发配沧州。恶势力的逼迫并没有到此结束，反而愈演愈烈。在林冲发配的途中，险被杀死。堂堂禁军教头被派看守草料场后，又遭人放火暗算，幸免于难后得知真相，使得他对官场仅存的美好愿景瞬间毁灭。前路茫茫，后有追杀，不知东南西北间何处容身，走投无路中，只好投靠梁山。这是他酒店题诗的思想基础，表现出 个忍辱负重的英雄在绝路上的真正觉醒。

总之，林冲是《水浒传》中一个独特而具有争议性的人物。他既有与众梁山好汉一样侠义的一面，也有着妥协屈从的另一面；他既精细却有时又疏忽大意；他总是处处替别人考虑周全，对妻子却又如此无奈无助，从而显得薄情寡义；他与鲁智深情谊深厚，再次见面却表现出陌生感；他是众人中唯一一个拥有和谐幸福家庭的人，但同时这又是他不幸的起因。这些都显示出了小说对林冲形象塑造的矛盾性。林冲的悲剧既是当时社会的逼迫同时也是他多元化性格发展的结果。

临江仙·闷似蛟龙离海岛

闷似蛟龙离海岛，愁如猛虎困荒田，悲秋宋玉^①泪涟涟。江淹初去笔^②，霸王恨无船^③。

高祖荥阳遭困厄^④，昭关伍相受忧煎^⑤，曹公赤壁火连天^⑥。李陵台上望^⑦，苏武陷居延^⑧。

注 释

①悲秋宋玉：战国时楚国文学家宋玉，通晓辞赋、音律，事楚襄王，颇不得志，郁郁而死。

②江淹初去笔：南朝文学家江淹，少有文名，晚岁文思渐衰。相传一天夜里，他梦见一位美丈夫，自称郭璞，对他说："我有笔在你这里多年了，该还给我了。"江淹从怀中取出一支五彩笔交还郭璞，此后才思锐减。

③霸王恨无船：秦末农民起义领袖项籍，字羽。入关后，自立为西楚霸王。楚汉战争时，被刘邦困于垓下，后突围至乌江，无船可渡，自刎而死。

④高祖荥阳遭困厄：汉高祖刘邦，楚汉战争时曾被项羽围困于荥阳。

⑤昭关伍相受忧煎：春秋末年吴国大夫伍员，字子胥，原为楚国人，父伍奢因直谏被杀，他逃难出走，过昭关，关上的官吏盘查得很紧。传说伍子胥一连几夜愁得睡不着觉，连头发也愁白了。

⑥曹公赤壁火连天：公元208年（东汉建安十三年），曹操基本上统一北方后，率军二十余万南下，欲一举统一江南。孙权联合刘备，在赤壁与曹军相遇。曹操因士兵不习水性，用铁链将战船尾连锁，造成战船行动不便。孙刘联军采用黄盖用火攻的建议，因风放火。曹操大败。

⑦李陵台上望：西汉将军李陵，字少卿，名将李广之孙。汉武帝时为骑兵都尉。率五千步兵出击匈奴。遇到敌骑十万，陷入重围。他奋起突击，连战九天，终因粮尽矢绝，寡不敌众，被迫投降，身在匈奴，遥望故乡，有家难归，有国难投。

⑧苏武陷居延：两汉大臣苏武，奉命以中郎将持节出使匈奴，被扣。他历尽艰辛，留居匈奴十九年始还。居延，汉初匈奴中地名。居延泽附近一带，为当时河西地区与漠北往来必经之地。故城在今内蒙古额济纳旗东南。

赏 析

　　林冲按柴进所说，投奔水泊梁山。不过那时的大头领王伦嫉贤妒能，害怕林冲抢了他们的山寨，于是多方刁难，限林冲三日内杀一人作为投名状方能入伙。第一天路上没有过客，林冲空手而归；第二天客人一伙三百余人，林冲不敢动手。此时王伦再次强调，只剩一日，如无投名状则不必相见。

留在梁山泊是林冲最后的希望，如果离开这里，林冲也不知道天地之大，何处乃容身之所。所以，在最后的限期到来之时，林冲充满了无限的愁思。

林冲的苦闷，作者用两种手法表现。先是用两个比喻，把这种愁比喻成蛟龙离海，虎困荒田，再勇猛有力的神兽，离开了自己的天地也无法施展，形象地写出了林冲当时的处境对他的束缚。接着连用了宋玉、江淹、霸王、高祖、伍相、曹公、李陵、苏武八人的典故，以这些人的愁绪跟林冲的愁绪进行对比，一层叠一层，给人绵绵不断的感觉。一代英雄，山穷水尽到如此地步，让人忧愤不已。

第十二回

封侯梦

清白传家①杨制使②，耻将身迹履危机③。

岂知奸佞④残忠义，顿使功名事已非。

注释

①清白传家：杨志是三代将门之后，五侯杨令公之孙，一门忠义之士，故称清白传家。

②制使：宋代殿前司所属下级军职。

③履危机：置身于危险境地。

④奸佞：奸邪谄媚的人，多指奸臣。

赏析

杨志为三代杨家之后，武侯杨令公之孙，受其门第家风的影响，走的是报效朝廷、光宗耀祖的道路。但他生活在腐朽混乱的时代，一生处处被逼迫，失意—得志—幻灭三部曲概括了他的求官之梦。

第一次押送花石纲，失纲获罪。好不容易盼到赦免之日，却不料遇见梁山好汉邀其入伙。落草为寇，标志着和大宋王朝决裂。生活没有使杨志感到无望，他怀着不切实际的念头进京。尽管痛遭高俅辱骂，被轰了出来（贿赂的钱也白花了），但他还抱着一丝希望。

被高俅轰出来后，他也有一丝闪念，对他为之卖命的体制发生了怀疑："王伦劝俺，也见得是。高太尉，你忒毒害，恁地克剥！"不过，这仅仅是一闪念，祖宗光荣的业绩对他来说成了负担，他无法背叛它。

梁中书送给了他这样的机会，使他从罪犯一跃成为军官，恢复往日的荣耀，他怎敢不尽力。同样，对生辰纲他也不问其道德性，如同对待花石纲一样努力完成押运任务。为了完成任务，他不想让自己再出现任何闪失。在黄泥冈，他不住地殴打军汉，逼其尽快赶路，告诉他们："这里正是强人出没的去处。"但是众意难违，没有人再愿走了。即便如此，他还是不放弃最后一丝警惕性。其实，即便是一点酒也不吃，这场被抢的悲剧也会发生。

腐败传导出的社会危害，总会以这样或那样的方式表现出来，他只不过是受害者之一罢了。命运把他逼上绝路，他想一死了之。只有这样，才能让心中苛求升官的梦有个不太悲惨的结局。但好死不如赖活着，他寄托于官方能破获此案，给他个说法。杨志的遭遇，可为求取功名者戒！

第十四回

临江仙·万卷经书曾读过

万卷经书曾读过，平生机巧①心灵，六韬三略②究来精。胸中藏战将，腹内隐雄兵。

谋略敢欺诸葛亮③，陈平④岂敌才能，略施小计鬼神惊。名称吴学究，人号智多星⑤。

注 释

①机巧：机智巧妙。
②六韬三略：反映古代汉族军事思想的重要著作。泛指兵书、兵法。
③诸葛亮：三国时期蜀汉丞相，辅佐刘备创业，与魏、吴形成三国鼎立的政治局面。
④陈平：足智多谋，用奇计辅佐刘邦夺得天下，汉初被封为曲逆侯。
⑤学究：吴用是读书人，又在财主家任门馆教授，所以称其为学究。智多星：吴用的绰号。

赏 析

这首《临江仙》，是人物赞词。词中为了彰显吴用的才能，从历史中列举出两位古人，与之作比。一位是三国时蜀汉的开国元勋诸葛亮，他奉命于危难之际，殚精竭虑，力创三足鼎立的格局。而吴用，在梁山泊协助宋江创业，也是从无到有，从小到大，两人确有其相似之处。至于陈平，虽也展出奇谋，但比起吴用，尚显逊色。

吴用是《水浒传》中的三号人物，精通兵法和计谋，但不擅阵法；满腹经纶，通晓六韬三略，足智多谋，时常以诸葛亮自比，道号"加亮先生"，人称"智多星"。生得眉清目秀，面白须长。善使两条铜链，与晁盖自幼结交。吴用潜伏在托塔天王晁盖身边十几年，始终忍而不发，直到刘唐、公孙胜等带来抢劫生辰纲路线图后，吴用认为时机成熟，才终于策划了抢劫生辰纲的行动，储备了造反基金。正式加入梁山后，因为择机利用了林冲，晁盖夺得了梁山领导权。不过，随着梁山规模的日益扩充，尤其是宋江加入后，晁盖已经成为梁山事业发展的短板。于是，吴用利用各种机会，不断通过诸如杨雄、石秀、时迁加入梁山等合适时机，表明立场，向宋江示好，并最终获得宋江的认可。作为军师，吴用制订了几乎梁山所有的作战计划；而作为智囊，他既要参与发展战略的规划，也同时参与重要人才的引进。

从人物性格上来说，吴用虽为"一介书生"，但更重视兄弟情谊。当宋江被狡诈小人所害时，吴用竟然舍弃生命，在宋江坟前自缢而死。其实吴用完全可以舒服做官，享受荣华富贵，这也是他身为秀才的最初本意，但他毅然选择宁可跟随宋江而去也不为皇帝所差遣，足见他与宋江的兄弟情义有多深。总之《水浒传》中的吴用是梁山不可或缺的重量级人物。他是当时平民百姓智慧的化身，他对梁山尽忠，对朋友坦诚，对兄弟情深。这首小词有叙有议，深具人物之特点，寥寥几句便为读者展示出一个足智多谋的智多星形象。

第十五回

水阁酒店

前临湖泊，后映波心。数十株槐柳绿如烟，一两荡荷花红照水。凉亭上四面明窗，水阁中数般清致①。当垆②美女，红裙掩映翠纱衫，涤器③山翁，白发偏宜④麻布袄。休言三醉岳阳楼，只此便为蓬岛客。

注释

①清致：清雅的风度。
②当垆：指卖酒。垆，放酒坛的土墩。
③涤器：洗涤器物。
④偏宜：最宜，特别合适。

赏析

吴用拉阮氏三兄弟入伙，来到一个水上酒店。与陆地上的酒店相比，这家酒店"水"的特色浓郁。

酒店建于水亭之上，三面环水，建筑倒映在水中，平添几分画意。前有绿柳如烟，后有红荷照水，客人一转身便是两般景致，岂不美哉！再加上凉亭四面通透，置身其中宛若人在画中。

酒店里的美女，上衣似荷，下衣若柳，人与自然和谐一体。白发老翁着麻布袄，反衬出纱衣美女的衣着俏丽。

　　无论是景色还是景中之人，都透着灵气，整个画面用色清雅，充满了活力。难怪客人觉得这里不比岳阳楼差，一醉方休之时，更觉得仿佛进入了人间仙境。

　　诗歌选用了极具水乡特色的意象，湖泊、波心、槐柳、荷花、凉亭、水阁，拼成了一幅水上酒肆独有的画卷。虽然没有更具酒肆风格的装饰，仅就自然所借之景，也足以让它独树一帜了。

第十六回

鹧鸪天·罡星起义在山东

罡星起义在山东，杀曜纵横水浒中。可是七星成聚会，却于四海显英雄。

人似虎，马如龙，黄泥冈上巧施功。满驮金贝①归山寨，懊恼中书②老相公。

注 释

①金贝：金钱财货。
②中书：指北京大名府留守司梁中书。

赏 析

这首《鹧鸪天》，写吴用、晁盖等七条好汉，在黄泥冈上劫取生辰纲。词的上半阕是从总体上描写这次劫取生辰纲行动，字里行间洋溢出对这次劫纲的赞许之情。下半阕是夺取生辰纲的经过，读来令人拍手称快！

这首词道出了本章要说的故事。这一章是讲水浒英雄起事的大事件，是最典型的事件，也是最具有影响力的事件。七星聚义，人凑齐了，可这十万贯财富，途经哪里，在哪里下手为好呢？公孙胜说，要途经黄泥冈，自然是在此下手了。杨志为报答梁中书的知遇之恩，颇费了一番心思来运这批财富。梁中书要用车装，官兵押送，还要写上"献贺太师生辰纲"，要大张旗鼓地运，可见梁贪官之张狂。杨志认为，要接受上次生辰纲被劫的教训，更何况要途经紫金山、二龙山、桃花山、伞盖山、黄泥冈、白沙坞、野云渡、赤松林，这一路上多有强盗出没，极为险恶，为不引人注意，用担挑为宜。梁中书认为，杨志言之有理，便按杨志的办法，将十万贯财宝装成十一个担子，由十一个强壮的士兵，扮成脚夫，打扮成客商上路。梁中书还派了老谢都管和两个虞候，连杨志一行共十五人，从北京不远千里赶往开封。走了十五日，好不容易过了紫金山、二龙山、桃花山、伞盖山。这一日，行到正午，烈日当头，来到黄泥冈。吴用在此设下了骗局，不由你不入圈套。当一个汉子唱着小曲，挑着两桶酒，来到黄泥冈卖酒，大戏就进入高潮了。贩枣的七个汉子同那卖酒汉子的买卖，引来这运"生辰纲"的士兵来买酒解暑，连慎之又慎的杨志也喝了些。卖酒的汉子收了钱，唱着小曲，下了山。这场看不出破绽的"卖酒"，麻翻了杨志一行。动弹不得的杨志一行，眼睁睁地看着那七个汉子卸下枣子，装上那十一担金银财宝去了。吴用导演的"智取生辰纲"大获成功，因此一举成名，"智取生辰纲"的故事也名扬天下。

这是水浒英雄第一次以集体的形式反抗朝廷，是整个水浒故事中最典型、影响力最大的事件。这也是水浒故事流传经久不衰的原因之一：它道出了深受压迫的百姓的心声，梁山好汉以武力的方式反抗，获得了大快人心的效果。

吴七郡王诗

玉屏^①四下朱阑绕，簇簇^②游鱼戏萍藻^③。

簟^④铺八尺白虾须^⑤，头枕一枚红玛瑙^⑥。

六龙^⑦惧热不敢行，海水煎沸蓬莱岛^⑧。

公子犹嫌扇力微，行人正在红尘^⑨道。

注释

①玉屏：玉制或玉饰的屏风。

②簇簇：聚集成团的样子。

③萍藻：浮萍和水藻。

④簟（diàn）：竹席。

⑤虾须：这里指帘子，

⑥玛瑙：玉髓矿物的一种。颜色很美，可为器皿或装饰品。

⑦六龙：这里指日神（太阳）。传说日神乘车，驾以六龙。

⑧蓬莱岛：即蓬莱山。古方士传说为仙人所居，在渤海中。

⑨红尘：飞扬的尘土。

赏析

此诗写了贵族公子们的避暑之态：公子们在水阁凉亭中纳凉，成群的游鱼在水中戏弄着浮萍水藻，多么悠闲啊！因为炎热，人们铺好八尺长的白色竹帘，当作竹簟；头枕着一枚红玛瑙，当作枕头。竹帘与玛瑙本应该触手生凉，可是天气还是炎热难当。第五、六句使用夸张和比拟手法继续写天气炎热：太阳不敢动，海水要沸腾。第七、八两句的对比才是作者真正的意图，达官贵人还嫌风小不够凉快，赶路之人在路上又得受多少煎熬呢？

苦热歌

赤日炎炎^①似火烧，野田禾稻^②半枯焦。

农夫心内如汤煮，公子王孙^③把扇摇。

注释

①炎炎：酷热的样子。

②禾稻：稻谷。

③王孙：贵族的后裔，犹言贵公子。

赏析

　　杨志押送生辰纲，时酷热难行，军汉行至黄泥冈下，倒地便睡。此时一挑桶汉子，唱着这首歌上冈来。

　　这是一首颇有民歌风味的苦旱伤农的绝句，小诗字里行间充溢着明显的阶级爱憎之情。该诗的一、二句"赤日炎炎似火烧，野田禾稻半枯焦"，是从天空写到地上。天上烈日当头，骄阳如火；地上稻禾枯焦，土地干裂。大旱之年，酷热难耐，庄稼被烤晒得枯焦了，押送生辰纲的人们，又将热得如何，就可想而知了。三、四句"农夫心内如汤煮，公子王孙把扇摇"，从农夫百姓写到公子王孙。旱情如虎，眼望着田里的稻禾枯死，一年收成无望，心如汤煮油煎一般，这是农夫心理的真实写照。那些公子王孙们，既不会在田间劳作，也不会推车挑担在路上行走，居然也热得受不了，不住地摇起扇子。这首诗从不同的侧面渲染天气的炎热，为押送生辰纲的杨志等人口渴思饮做铺垫，他们最终落入吴用所设计的圈套。三、四句描写了农夫与公子王孙这两个对立阶级的完全不同的心理和形态，预示着北宋王朝阶级矛盾正在日益激化。官逼民反，英雄好汉们终于聚义梁山，扯起"替天行道"大旗。

第十八回

临江仙·起自花村刀笔吏

起自花村刀笔吏①，英灵②上应天星，疏财仗义③更多能。事亲行孝敬，待士有声名。

济弱扶倾④心慷慨，高名水月双清⑤。及时甘雨⑥四方称。山东呼保义⑧，豪杰宋公明。

注释

①花村：灵巧而朴实。刀笔吏：主办文案的官吏。
②英灵：指杰出人才。
③疏财仗义：疏财，分散家财。仗义，主持正义。为了正义，拿出自己的钱财去帮助别人。
④济弱扶倾：即"济弱扶困"意。
⑤水月双清：如同水一般清澈，月一样高洁。
⑥及时甘雨：一般指久旱后下的雨。
⑧保义：宋江的"保义"是保义郎的简称。

赏析

这是第一次评价宋江。像所有人物传记一样，首先交代了宋江的生平履历，特别点出了他是天罡星下凡，呼应小说开头天罡地煞

的说法。然后写宋江的高尚品
质。他"事亲行孝敬""疏财
仗义""济弱扶倾""慷慨"等，
他"平生只好结识江湖上好
汉"，江湖人士称他为"及
时雨"。也正是这样的为人处
世，即便宋江落难之时，沿途豪
杰也没有不拜服的。

词的最后一句是对宋江身份的暗示。宋江上梁山，继晁盖之后
成为山寨之主，是真正意义上的豪杰。
后来他一心招安，带领梁山好汉回归朝廷，被封为保义郎。这是宋
江两段重要的人生经历，改变了一众人等的命运。

第十九回

王伦嫉贤

独据梁山志可羞，嫉贤傲士少优柔[1]。
只将富贵为身有，却把英雄作寇仇[2]。
花竹水亭生杀气，鹭鸥沙渚[3]落人头。
规模卑狭[4]真堪笑，性命终须一旦休。

注释

①优柔：和平、宽容。
②寇仇：仇敌。
③鹭鸥：水鸟。沙渚：水出沙洲，也称沙汀。
④卑狭：卑下狭窄。

赏析

　　这首诗写的是梁山王伦嫉贤妒能，不肯容纳晁盖等人，被林冲所杀。

　　白衣秀士王伦占据梁山，与朝廷对立，正应该广招豪俊，壮大声威，以增强与朝廷对抗的资本。然而他目光短浅、气量狭小，不能容纳来归的义士，为什么？其实不过是担心人家"鹊巢鸠占"，抢去他的位置罢了！须知"天下者非一人之天下，惟有道者处之"。

如王伦这等患得患失之徒，苟有富贵之日，他会想着舍生忘死、一道创业的弟兄吗？梁山好汉正是认清了他的本质，才愤而除之。清除掉这个队伍中的毒瘤，真是天经地义，大快人心。

王伦在全书中笔墨不多，仅有两次出场，一次是豹子头林冲逼上梁山；一次是晁盖等七人劫生辰纲后投奔梁山。两次上山虽不同时，但两次上山都点出了王伦的缺德、少才、无智，而又处处妄大自矜，妒贤嫉能。从此，王伦形象就成为心地狭隘的形象符号，成为落第秀才、小人得志的写照。王伦因落第而竟落草，本可视为"穷则发奋"的证据，然而他得到梁山泊之后，就心满意足，只求保守，不求进取，连一个林冲还不敢收留，哪里配收罗天下英才，出来逐鹿中原？这可视为"舒则苟安"的证据。我们知道，作为一个组织者、领导者，其充当的是管理者的角色，所以必须有大局意识、整体观念，而且还要知人善任、胸怀宽广、容留人才、接贤纳士，而白衣秀士王伦恰恰相反，他似乎只是为了个人权力而活着，凡是比他能力强的人他就嫉恨，并千方百计将其排挤走。林冲的到来使他很是恐惧，唯恐自己地位不保，对林冲千方百计地压制，使林冲满腹怨气，为日后自己的悲剧埋下了伏笔。后来晁盖、吴用的到来更让其大为惊恐和猜忌，便又想支走晁盖等人，从而造成了火并的悲剧，最终使自己命丧黄泉。

事实上，王伦也懂得权衡之术，但是其狭隘的思想境界决定了其不能够稳坐梁山集团的第一把交椅。一个集团要发展，领导角色是一个核心的概念，其个人的素质决定整个集团的发展方向和前途。所以集团领导人作为组织的管理者应该有更高的思想境界，而管理者的高思想境界会影响集团向好的方向发展。梁山泊必须结束王伦独霸梁山的时代，才能兴旺发达、四海归心。

第二十回

梁山聚义诗

豪杰英雄聚义间，罡星煞曜①降尘寰②。

王伦奸诈遭诛戮③，晁盖仁明主将班。

魂逐断云寒冉冉④，恨随流水夜潺潺。

林冲火并⑤真高谊，凛凛⑥清风⑦不可攀。

注释

①曜（yào）：日、月、星均称"曜"。
②尘寰：人世间。
③诛戮：杀戮。
④冉冉：缠绵。
⑤火并：同伙自相残杀、并吞。
⑥凛凛：令人敬畏的样子。
⑦清风：高洁的品格。

赏析

　　晁盖带领一行七人及生辰纲上梁山是水浒故事的转折点，这首诗写的就是这个转折点如何完成。

　　晁盖等人上山之后，又遭王伦嫉妒，要求他们下山，林冲对此非常不满。次日，吴用用计激林冲杀了王伦，众人将晁盖扶上寨主之位。流传于民间最著名的水浒故事开始了。

诗歌开头，还是照应"天罡地煞"之说，明确指出，这些人是匡扶人间正义的天神降世。这是对水浒人物形象的又一次肯定。

林冲火并、王伦遭诛、晁盖主班是事件发生的前后顺序，作者将其进行调整，一方面是将王伦与晁盖进行对比，表明王伦因奸诈被杀是死有余辜；另一方面是对林冲的行为进行评价。从林冲上梁山开始，王伦就表现出心胸狭隘的一面。他既受柴进之恩，却对柴进推荐的人百般排挤，无非就是想保住自己的位置。梁山如果让这样的人统领，也不过是个贼窝而已，怎能成就英名？所以，林冲杀王伦，虽是内部的火并，但是作者认为这是为了辅助明主的行为，以"高谊"评价，足见作者对林冲的肯定。

第二十一回

赞宋江

宋朝运祚①将倾覆，四海英雄起寥廓②。

流光垂象③在山东，正罡上应三十六。

瑞气盘旋绕郓城④，此乡生降宋公明。

神清貌古真奇异，一举能令天下惊。

幼年涉猎⑤诸经史，长为吏役决刑名⑥。

仁义礼智信皆备，曾受九天玄女⑦经。

江湖结纳⑧诸豪杰，扶危济困恩威行。

他年自到梁山泊，绣旗影摇云水滨。

替天行道呼保义，上应玉府天魁星⑨。

注释

①运祚：国运福祚，即世运。
②寥廓：广远、空阔的样子。
③垂象：上天以物垂下示人世。
④郓城：县名，在今山东省辖内。
⑤涉猎：指博览群书。
⑥吏役：服杂务之庶吏，如书吏、捕役等。刑名：刑罚的种类名称。
⑦九天玄女：上古神女，俗称九天娘娘。
⑧结纳：结交。
⑨天魁星：三十六天罡之首，宋江的星宿。

赏析

宋江因怒杀阎婆惜而惹上了官司，安安稳稳的刀笔吏生活就此结束，开始了他逐步转向反抗官府的人生之路。这一回的故事是宋江人生的转折点，与前面写宋江的诗歌相比，更多涉及宋江对社会的影响。

宋江命运改变之前，梁山已经有七位英雄聚义。随着更多英雄的出现，这股反朝廷的势力越来越强大。四海英雄起于寥廓的天地间，正呼应了小说开头提到的三十六天罡七十二地煞降临人间，这个线索贯穿了整部小说。

从第五句开始是对宋江的描述，包括他奇异的相貌、涉猎诸经史的学习经历、仁义礼智信皆备的优秀品质，甚至他作为天罡星之首的经历都在其中。宋江在一百单八将中地位非常特殊，为什么各有所长的头领们都拜服宋江？这与他在江湖上的行事风格紧密相关。他能解人燃眉之急，不论身份高低都赤诚相待，扶危济困，恩威并行，因而在江湖豪杰心中树立了极高的威信。

这首诗暗示了宋江今后的命运走向：他会来到梁山泊，成为一代首领，带领着梁山好汉，行替天行道的义举，完成他作为天神降临人世的使命。

花迷人诫

酒不醉人人自醉，花不迷人人自迷。
直饶①今日能知悔，何不当初莫去为。

注释

①直饶：假定词，纵使之意。凡文笔作开合之势者，往往用之。

赏析

这首小诗开篇两句以俗语引入，只不过把"色不迷人人自迷"的色字，改成了花字，但它的用意并没变。酒与花的连提，用意主要还是在后者，这是不言自喻的。本来酒并不曾去醉人，而是人自己要去寻醉；美艳女色并不曾去迷惑人，而是人自己要去着迷。千古以来，拜倒在石榴裙下的大有人在，岂止一个宋江！历史上有些人英雄一世，叱咤风云，却偏偏在美女面前表现得英雄气短，儿女情长。项羽、吕布皆为万人敌，然一则垓下丧志，一则下邳销魂，令人扼腕！诗的第三句笔锋一转：说事到临头，方知错在哪里，怎如开始时就不去理睬它们呢！寥寥二十八字，俨如黄钟大吕，震人心魂。

第二十二回

深秋羁旅行

柄柄芰荷①枯，叶叶梧桐坠。

蛩吟②腐草中，雁落平沙③地。

细雨湿枫林，霜重寒天气。

不是路行人，怎谙④秋滋味。

赏 析

　　这首诗描写宋江兄弟二人，逃出宋家庄，一路上风餐露宿，凄凄惶惶的苦况。荷、梧桐、秋虫、衰草、大雁、枫林、浓霜，都是秋季富有特征的典型意象。

　　开头用叠音词"柄柄""叶叶"，音节和谐优美，渲染了气氛。这么多的意象，浓墨重彩，充分调动视觉和听觉，加重了凄清哀伤环境。末尾直抒胸臆，道出行路人的心声。古人云："黯然销魂者，唯别而已。"宋江杀了阎婆惜后,与兄弟宋清离家避祸,正是秋末冬初天气,此时的宋江,身犯命案,东躲西藏,辞别老父,不知何时相见,在这样的天气踏上未卜的行程,怎能不惆怅满怀呢?

《水浒传》中描写自然景物的诗词比较多,往往重铺陈雕琢,显得辞藻华美,描摹细腻生动,有时起到暗示人物命运、烘托主题的效果。

这首五律的四联犹如四幅工笔画,通过"荷枯叶坠"的自然景象,渲染了深秋凌晨那种肃杀凄凉的气氛,同时借助禽鸟草虫归宿无处来反衬二人归家无门。作者用委婉含蓄的笔调,以景衬人,借以展示宋氏兄弟命运的危急,以此来感动读者,使读者为主人公的前途担忧,产生共鸣。

第二十三回

赞武松

延士声华似孟尝①，有如东阁纳贤良②。

武松雄猛千夫惧，柴进风流③四海扬。

自信一身能杀虎，浪言④三碗不过冈。

报兄诛嫂真奇特，赢得高名万古香。

注 释

①延士：接纳贤士。孟尝：孟尝君，名田文，战国四公了之一，以广招宾客，食客
　三千闻名。
②"有如"句：汉代公孙弘当宰相后，别立客馆，东向开门，招纳四方贤才，一起谋
　议大事。后遂用"东合（阁）、孙弘合（阁）、公孙阁、孙阁、弘阁、丞相合（阁）"
　等指款待宾客、招纳贤才之所；用"开合（阁）"指纳贤待客。这里与上句"延士声
　华似孟尝"均借指柴进。
③风流：风度、仪表。
④浪言：乱说。

赏 析

　　这首诗主要写武松，兼及以交纳天下贤士而闻名于时的柴进。
柴进只是陪衬，武松才是本诗的重点。
　　柴进在《水浒传》中是一个广结英雄好汉的人，因为家有丹书

铁券护身，更能为深受官府迫害的英雄提供庇护场所。经他引荐，有数位英雄最终把梁山作为自己的落脚点，可以说他为梁山聚义做出了巨大贡献。所以作者把他比作门客众多的孟尝君和开门纳贤的公孙弘。

武松也是投靠柴进而来，于宋江不期而遇是武松在这部小说中的第一次出场。在介绍武松的"雄猛"后，作者叙述了武松在后续章回中经历的主要事件：景阳冈上豪饮"三碗不过冈"；趁着酒劲赤手空拳打死吊睛白额虎；在阳谷县巧遇哥哥武大郎；嫂嫂串通西门庆毒死哥哥，武松杀死仇人为哥哥报仇。

这首诗是武松故事的概述，开启了新的人物形象，并推动着下文故事情节的发展。

景阳冈伏虎

景阳冈头风正狂，万里阴云霾①日光。

焰焰满川枫叶赤，纷纷遍地草芽黄。

触目晚霞挂林薮②，侵人冷雾满穹苍③。

忽闻一声霹雳响，山腰飞出兽中王。

昂头踊跃逞牙爪，谷口麋鹿皆奔忙。

山中狐兔潜踪迹，涧内獐猿惊且慌。

卞庄④见后魂魄丧，存孝⑤遇时心胆强。

清河⑥壮士酒未醒，忽在冈头偶相迎。

上下寻人虎饥渴，撞着狰狞来扑人。

虎来扑人似山倒，人去迎虎如岩倾。

臂腕落时坠飞炮，爪牙爬处成泥坑。

拳头脚尖如雨点，淋漓两手鲜血染。

秽污腥风满松林，散乱毛须坠山崦⑦。

近看千钧势未休，远观八面威风敛。

身横野草锦斑销，紧闭双睛光不闪。

注释

①霾（mái）：刮风时空中降下沙土，尘土飞扬。

②林薮（sǒu）：草木茂密的地方。

③穹苍：天。天形穹隆，其色苍苍，故谓之苍穹。此为押韵颠倒为穹苍。

④卞庄：卞庄子。春秋时鲁国勇士，曾一举而毙两虎。

⑤存孝：李存孝。五代唐李克用养子，勇而善战，据说打死过猛虎。

⑥清河：县名，在山东省，武松原籍。

⑦山崦：山坳，山曲。

赏析

这首诗描写的是武松在阳谷县景阳冈伏虎的场面。

武松打虎是《水浒传》里流传非常广的故事，由此而来的"打虎英雄"是武松形象的标签。从武松登上景阳冈一直到打死老虎，这个过程非常戏剧化，里面既有英雄的豪爽和不拘小节，也有英雄面对老虎时的震撼与惊讶。可以说这一场打虎戏展现出了一个有血有肉的立体的武松形象。

诗歌开头六句写景阳冈当天的自然环境：狂风四起，日光不明，落叶纷纷，枯草遍地，此时天色已晚，寒意侵体。这是古典小说中常用的环境塑造手法，一般选用一些不明亮的、动态的意象，组成一幅让人深感不安的画面，预示着会有什么不好的事情发生。

第七、八、九三句直接描写老虎：叫声如霹雳，昂首摆尾，一派"兽中王"的威风。第十、十一、十二句从山中小动物的反应侧面表现老虎的威势。第十三、十四句进一步写到卞庄、存孝两个历史上打虎英雄看到这只老虎都会惧怕，来侧面展现这只老虎的凶猛。作者从三个方面不惜笔墨对老虎进行描写——虎越凶，就越衬托得武松勇猛。

接下来的十句是全诗的高潮部分。作者没有把武松打虎处理成单纯的人的行为，而是让虎和人有一个互搏的过程。且看，老虎先是上下寻人，然后以山倒之势向人扑来；武松没有惧怕，反而迎着老虎扑来的方向进攻。一"扑"一"应"便打在一处。"臂腕落时坠飞炮"一句是写武松的进攻,"爪牙爬处成泥坑"一句是写老虎的反抗。武松打得重,老虎疼得砸地出泥坑;"拳头脚尖如雨点"一句还是写武松进攻,"淋漓两手鲜血染"一句则是写老虎没了生气。整个搏斗过程,作者始终是两者兼顾来写,节奏紧凑,气氛紧张。

最后六句是尾声部分,依然是武松与老虎各占一半进行描写:武松大汗淋漓,依然威风八面;老虎则是身横草野,眼里没了光彩。此处胜利者与失败者同框,以威风的老虎的落败,强烈地反衬出武松的英勇。

第二十四回

回首诗

酒色端能误国邦，由来美色陷忠良。

纣因妲己宗祧失①，吴为西施社稷亡②。

自爱青春行处乐，岂知红粉笑中枪。

武松已杀贪淫妇，莫向东风怨彼苍③。

注 释

①纣：殷商末世主。妲己：纣王之妃。宗祧：国家。

②吴：指春秋时的吴国。西施：春秋时越国美女。吴越之战，越败，知吴王好色，乃
献西施以乱其政。社稷：国家。

③彼苍：指天。

赏 析

这首诗，主要写西门庆贪恋女色，终罹杀身之祸。

诗中作者认为潘金莲是一个荡妇，她毒杀亲夫，死有余辜，怨
不得武松无情，所谓"自作孽不可活"。对于作者的这种就事论事
的看法，读者是可以接受的，不会有什么异议。然而，作者由潘金
莲引发开来，认为"由来美色陷忠良"，并援引妲己、西施为例，

这就值得研究了。这样说，正是因为施耐庵认同"红颜祸水"观，所以他拿着画笔给《水浒传》的女性涂抹了贬斥轻贱之色。

对于作者想要批判的女性，可以说是《水浒传》中塑造得最成功的女性形象。特别是对潘金莲、阎婆惜、潘巧云等淫妇形象，作者对她们不惜笔墨，颇费匠心，对她们通奸的经过、心理、感受等极尽描绘，唯恐不真实细致，从而使淫妇形象活灵活现。虽然作者赋予她们种种女人的特点，但在行为道德上她们淫秽浪荡，堕落无耻。作者视之为尤物祸水，说"女性从来是女流，背夫常与外人偷""酒色端能误国邦，由来美色陷忠良"。对她们极力贬低和丑化，一味地从反面评判和否定，面对她们的遭遇从未表示过同情。

第二十八回

行藏有义

功业如将智力求，当年盗跖^①合封侯。

行藏^②有义真堪羡，富贵非仁实可羞。

乡党^③陆梁^④施小虎，江湖任侠^⑤武都头。

巨林雄寨俱侵夺，方把平生志愿酬。

注释

①盗跖（zhí）：相传为古时民众起义的领袖。
②行藏：指出处或行止。常用以说明人物行止、踪迹和底细等。
③乡党：指乡族朋友。
④陆梁：跳跃。
⑤任侠：又称为"尚义任侠""为气任侠""使气任侠"，也就是"附带意气，以侠义自任"的意思。任侠的三大特点：重承诺，讲义气，轻生死。

赏析

在这一回中，施恩出场。到达孟州平安寨，得到施恩关照。在平安寨中，武松以一身高强的武艺震惊众人，受到众人赞颂。后施恩请武松帮忙，醉打蒋门神，夺回了快活林。

诗歌的前四句是对第二十八、二十九回的评价，赞颂了武松的行藏有义，批判了蒋门神的富贵非仁。接下来两句介绍了这个故事的两个主人公，最后两句讲的是武松助施恩重霸孟州道的事情。

可以说这是对整个故事进行概括的一首诗，既有对人物的评价，也有对事件性质的判定，特别是将武松定义为"任侠"，可见作者对这一人物形象精神特质的认可。

第二十九回

武松醉打蒋门神

堪叹英雄大丈夫，飘蓬四海谩①嗟吁②。

武松不展魁梧略，施子难为远大图。

顷刻赵城应返璧，逡巡合浦便还珠③。

他时水浒驰芳誉，方识男儿盖世无。

注释

①谩：莫，不要。

②嗟吁：伤感长叹。

③"顷刻"二句：这两句分别涉及"完璧归赵"和"合浦还珠"的典故，这两个典故都比喻东西失而复得或人去而复回。

赏析

第二十九回回目中所写，便是本诗中第三、四句所指之事。在这一回中，武松在醉打蒋门神之前还是做足了铺垫的，这一点与鲁提辖拳打镇关西相似，但是描写武松的笔墨更多一些。首先在去快活林的路上，武松是一路走一路喝，表明其酒量异于常人。接下来便是武松戏要酒保、老板娘，然后才与蒋门神对打。这便是武松的

"魁梧略"。

第五、六两句用典，"完璧归赵"和"合浦还珠"的典故用其意，旨在说明快活林本就是施恩的，夺回来也不过是物归原主，从另一个侧面说明了英雄所行之事自然是正义的。

最大的亮点是最后两句，"水浒驰芳誉"暗示着武松最后的归宿是在水泊梁山，"盖世无"则预示着他在水浒寨里还会有更大的作为。

第三十一回

善恶有报歌

神明照察，难除奸狡之心。

国法昭彰①，莫绝凶顽之辈。

损人益己，终非悠远②之图。

害众成家，岂是久长之计。

福缘善庆，皆因德行而生。

祸起伤财，盖为不仁而至。

知廉识耻，不遭罗网③之灾。

举善荐贤，必有荣华之地。

行慈行孝，乃后代之昌荣。

怀妒怀奸，是终身之祸患。

广施恩惠，人生何处不相逢。

多结冤仇，路逢狭处难回避。

注 释

①昭彰：显著，彰明。
②悠远：长久，久远。
③罗网：喻法网。

赏 析

　　这首诗告诉人们行善逢善，行恶逢恶。久行恶事，即便暂时得不到处罚，时间久了依然会对自己的生活产生负面的影响。多行善事，不仅能让自己受益，还能够泽被子孙。

在这一回中，张都监受张团练的挑唆，设计陷害武松，为蒋门神出气报仇。他收买了两个公人，蒋门神又派了自己的两个徒弟，想在飞云浦要了武松的性命，结果都被武松了结了。武松回到孟州城，手刃了张都监及其家人、张团练和蒋门神。这群人可谓是机关算尽，坏事做绝，自以为天衣无缝，鬼神不知，岂料到最后灾祸都落到了自己的头上。

孟州暮景

十字街荧煌^①灯火，九曜寺香霭^②钟声。一轮明月挂青天，几点疏星明碧汉。六军营内，呜呜画角^③频吹。五鼓楼头，点点铜壶^④正滴。四边宿雾，昏昏罩舞榭歌台。三市^⑤寒烟，隐隐蔽绿窗朱户。两两佳人归绣幕，双双士子掩书帏^⑥。

注 释

①荧煌：辉煌。
②香霭：云气，焚香的烟气。
③画角：古代乐器名，相传创自黄帝，还有一说创自羌族。形如竹筒，以竹木或皮革制成，外加彩绘，故称"画角"。一般在黎明和黄昏之时吹奏，相当于出操和休息的信号，发音哀厉高亢，古代军中常用来警报昏晓、振奋士气。
④铜壶：古代铜制壶形的计时器。
⑤三市：泛指闹市。
⑥书帏：书斋。

赏 析

武松在飞云浦杀了四个歹人，回到孟州城找张都监寻仇，进入城中时已经是黄昏。

　　街上还有灯火，远处的寺庙被云气围绕，阵阵钟声传来，想必人们都已经回家了。苍穹之上，月明星稀，天地都安静下来。前四句写静态之景，营造出静谧祥和的氛围。

　　军营内画角吹响，军士休息了。暮霭四起，把建筑物笼罩在了朦胧之中。人们纷纷回到自己的房中，准备晚间的活动。虽描写的是动态之景，也是为了表现夜晚之静。

　　全词在语言上最大的特色是开头数词的使用，使得每一幅画面都成为特写的镜头，孟州的晚景被一点点拼凑出来。但是安静的环境之下，隐藏的是武松心中不尽的杀机，仿佛是暴风雨到来前的安静，与后文的厮杀形成了鲜明的对比。

高岭行

　　高山峻岭，峭壁悬崖。石角棱层侵斗柄①，树梢仿佛接云霄。烟岚②堆里，时闻幽③鸟闲啼；翡翠阴中，每听哀猿孤啸。弄风山鬼，向溪边侮弄樵夫；挥尾野狐，立岩下惊张猎户。好似峨嵋山顶过，浑如大庾岭④头行。

注 释

①斗柄：指北斗的第五星至第七星。北斗，第一星至第四星像斗，第五星至第七星像柄。
②烟岚：指山里蒸腾的雾气。
③幽：形容地方很僻静，光线又暗。
④大庾岭：也称庾岭、台岭、梅岭、东桥山，中国南部山脉，"五岭"之一，位于江西与广东两省边境，为南岭的组成部分。

赏析

　　武松被张青夫妇搭救，换装之后变成了武行者，离开大树十字坡，途经这座高岭，这首词便是描写高岭的景色。

　　开头写了高岭的"高"，使用的是一如既往的夸张手法。其中，"侵"不仅写出了岩石棱角分明，层叠向上的形态，还写出了倚仗山势、直冲云霄的凌厉气势，连带着树梢都好像要接触到云层。

　　然后写高岭的"深"：岭中雾气缭绕，树林荫翳蔽日，具体的景物看不清楚，但是密林深处依然能够听到偶然传出来的鸟鸣和猿啼。

　　接下来写到了山中的"怪"：山风好似被操控着，东西南北飘忽不定，仿佛戏弄樵夫；野兽出没无常，竟然可以时时惊吓猎户。

　　最后一句将这座高岭与大家都熟悉的名山峻岭"峨嵋山""大庾岭"进行类比，更加清晰地显示出高岭的雄伟险峻。

第三十二回

浣溪沙·握手临期话别难

握手①临期话别难，山林景物正阑珊②，壮怀③寂寞客衣单。

旅次④愁来魂欲断，邮亭⑤宿处铗空弹⑥，独怜长夜苦漫漫⑦。

注 释

①握手：指握手作别。
②阑珊：暗淡、零落。文学作品中，阑珊多为凄凉之意。
③壮怀：指豪壮的胸怀。
④旅次：旅途中小住的地方，也指旅途中暂作停留。
⑤邮亭：指古时传递文书的人沿途休息的处所，或邮局在街上设立的收寄邮件的处所，看起来像一个亭子，所以被大家称为邮亭。
⑥铗空弹：《战国策·冯谖客孟尝君》载，孟尝君的门客冯谖，一时未被孟尝君赏识，便弹铗而歌，终于受到孟尝君重用。铗，指夹取东西的金属用具。
⑦漫漫：夜长。

赏 析

武松去投奔二龙山宝珠寺，路经孔太公庄时，与宋江相遇。二人分手之际，书中写了这首词。

　　这首词的上片三句，主要描述了武松与宋江二人分别时的不舍，显出依依惜别之情。武松将要前去二龙山投奔花和尚鲁智深、青面兽杨志，然而宋江去清风镇投奔小李广花荣。他们一个往西走，一个向东行。词中用阑珊的景物点染二人寂寞、惜别的情怀。他们囊中的路费不多了，预示着这一路上会有很多的艰难。该词的下片三句，描述的是旅途中的情况，独自一个人，不知如何去打发客舍中的漫漫长夜。

　　词中化用"弹铗"的典故来表述宋江、武松壮志难酬的苦闷心情。无论是客舍的凄凉，还是前途的未卜，都令人魂断。

第三十三回

临江仙·花荣赞

齿白唇红双眼俊，两眉入鬓常清。细腰宽膀似猿形。能骑乖劣马，爱放海东青①。

百步穿杨②神臂健，弓开秋月分明。雕翎箭发迸寒星。人称小李广③，将种是花荣。

注释

①海东青：鸟名，雕的一种。
②百步穿杨：形容箭法好。春秋时，楚国养由基能百步内射中柳叶。
③李广：汉朝成纪人，文帝时，以击匈奴有功，为郎骑常侍。武帝时为右北平太守，猿臂善射，匈奴畏之，号飞将军。

赏析

这是一首赞美花荣的貌美和本领的高强的诗。词中从仪表到技能，次第写来，颇得写人物之要领。若论《水浒传》中的第一儒将，那非花荣莫属。"齿白唇红双眼俊，两眉入鬓常清。"从这两句中，我们可以看出花荣一表人才。但花荣可不只是个"绣花枕头"，他还拥有过人的胆识。而说到花荣的"勇"，那就表现在他大闹清风寨这个故事上。当时的花荣作为清风镇的武知寨，为了为大哥宋江报仇，竟杀了正知寨刘高，惹来了极大的罪名，但他无所畏惧，这便显示出了他的勇敢。

光有勇可不行，英雄好汉当然还要有"智"。而说到花荣的"智"，那便是他在清风山大战秦明的一仗。当时，花荣在白天与秦明大战了四五十回合不分胜负之后，想到了智取。于是他就抓住了秦明性急的弱点，把他引上清风山，并在半夜多次骚扰秦明军，造成秦明实在无法忍耐，一路追到山上一条河中，花荣便在上游放水，最后把秦明军500余人淹死大半，而后又设陷阱生擒秦明。在这件事中，我们又看到了花荣的机智。

在梁山好汉心中，"义气"是排第一位的。再说到花荣讲义气。他为了报宋江被诬陷被捕的仇，竟不顾自身安危，到刘高府中劫人。他正是因为救宋江而被朝廷逼上绝路，只好上梁山"落草"。在最后，他在受了宋江托梦之后，和吴用一起在宋江坟边上吊而死，一起陪伴"哥哥"。这可以看出花荣讲义气，而且为朋友奋不顾身。

最后要说说他的身手不凡。首先他具有超凡的武艺，这可以在上文中与秦明交战数十回合不分胜负就看得出来。而书中渲染最多的便是他百步穿杨的射箭绝技，这里说几个经典场景：第一，花荣在府中向追兵展示自己的箭术。在室内，他用两箭，一箭射在门神的骨朵上，而另一箭则射在门神头盔的朱缨上，结果是双双命中，吓得那些军士撒腿就跑。第二，就是他在投奔梁山路上的对影山上，见到吕方正与郭盛在用戟打斗，结果两戟的绒绦缠在了一起，这时花荣拈弓搭箭，一箭将远处的绒绦给射断。第三，他在上了梁山后，展示自己箭术时正好有一队"人"字形的大雁从空中经过，他便说要射第三只大雁的头，于是"花荣搭上箭，拽满弓，觑得亲切，望空中只一箭射去"，结果是"正中目标"，让众人大惊。第四，他在祝家庄一战中，一箭射下了远处树上祝家军用来作攻击信号的灯笼，使得敌人乱了阵脚，也让自己得以脱身。

总的来说，在《水浒传》中，作者对花荣的评价是很高的，这不仅在于他的外形和武艺，更重要的在于他的精神和义气。

元宵月夜

玉漏①铜壶且莫催，星桥火树②彻明开。

鳌山③高耸青云上，何处游人不看来。

注 释

①玉漏：古代计时漏壶的美称。
②星桥火树：形容节日的夜晚灯火辉煌的景色。
③鳌山：宋元时俗，元宵节用彩灯堆叠成的山，像传说中的巨鳌形状，故称鳌山。

赏 析

这首诗写了元宵节夜晚满街花灯的景象。宋江在花荣的清风寨中住了月余，正赶上清风寨元宵节放灯。这一晚宋江和花荣家亲随上街去看灯。"玉漏铜壶"皆为计时所用，此时天色已晚，明月东升，以计时器代指时间，说明到了关灯的时间了。

作者没有描写具体的各色花灯，而是从远景的角度描绘了清风寨放灯的场景：桥上装点着花灯，普通的桥立刻变成了星辰组成的星桥；树上挂满了花灯，瞬时间变成了火树，到处灯火通明。最有地域特点的是，用彩灯堆成的灯山，形如大鳌，甚是壮观。

用白描的手法勾勒出元宵节"灯海"的特色，让千年后的我们依然可以领略到宋代的民俗。

元宵灯会

　　山石穿双龙戏水，云霞映独鹤朝天。金莲①灯，玉梅灯，晃一片琉璃。荷花灯，芙蓉②灯，散千围锦绣。银蛾③斗彩，双双随绣带香球④。雪柳⑤争辉，缕缕拂华幡翠幕。村歌社鼓⑥，花灯影里竞喧阗⑦。织妇蚕奴，画烛光中同赏玩。虽无佳丽风流曲，尽贺丰登大有年。

注 释

①金莲：一年生或多年生草本植物。
②芙蓉：即木芙蓉，花是白色或粉红色的，到夜间变深红色。
③银蛾：即闹蛾，乃是插在女子头上的时兴头饰。用白纸剪成，形如飞蛾而得名。
④香球：小灯球。
⑤雪柳：宋代妇女在立春日和元宵节时插戴的一种绢或纸制成的头花。
⑥村歌社鼓：指民间的歌谣、鼓乐。
⑦喧阗（tián）：喧哗，热闹，拥挤。

赏 析

　　元宵节赏花灯是中国古代流传至今的风俗活动。从这首描写花灯的诗歌，我们可以看到当时的花灯题材、形式和热闹的场面。

　　花灯的题材源自人们生活的各个方面。"双龙"是民间传说中的图腾神兽，"独鹤"是日常生活中的祥瑞动物，金莲、玉梅、荷花、芙蓉皆是四季花卉。从题材看形式，也能让读者想象出神龙的曲盘、仙鹤的舒展，以及不同花卉的形状。花灯的制作材质丰富，除了我们熟知的竹、纸之外，花灯上还以琉璃、锦绣做装饰，可知当时花灯制作的精美。

　　女性的服饰与这繁华的灯景相配，元宵之际，她们佩戴着元宵时节的头饰，笑语盈盈，在灯光下、翠幕间穿梭，给缤纷的灯会又增添了一分光彩。

　　春节期间的大型活动都会有锣鼓喧天的场景，歌声嘹亮，鼓声振奋，看热闹的人群尽情地嬉闹。灯会就是雅俗共赏的地方，劳动人民用这样的形式庆贺丰收，祈祷来年风调雨顺。

第三十四回

临江仙·赞秦明

盔上红缨飘烈焰，锦袍血染猩猩①。狮蛮宝带束金鞓②。云根靴抹绿，龟背铠堆银。

坐下马如同獬豸③，狼牙棒④密嵌铜钉。怒时两目便圆睁。性如霹雳火，虎将是秦明。

注释

①猩猩：猿类，形似人，栖森林中，此指如猩猩血色之红。
②狮蛮宝带：以狮子、蛮王图案装饰的带子。鞓（tíng）：皮带。
③獬豸：兽名，似牛，一角。
④狼牙棒：兵器名，木棒上端置直钉若干如狼牙状。

赏析

这首词是从穿着服饰、坐骑武器等方面表现人物的。从作者为他勾勒出的肖像画便可看出，秦明的性格正如同他的绰号——霹雳火。

"霹雳火"秦明原本是宁愿一死，也不肯上山落草的。虽说在与强人的争战中失利，被花荣设计擒上山来，但究竟未失好汉本色，没有说出一句苟且之言。可惜的是他以平常人的心思和智慧面对他的对手，沉醉于称兄道弟的江湖义气，结果就在那一夜的沉睡中，别人"借用"他的头盔、战马、兵器，以他的名义把青州城外"旧有数百人家"变成了"一片瓦砾场"！这个残酷的夜晚决定了很多人的命运，除了随后不得不到山林中谋一栖身之处的秦明，青州城外"不计其数"的"男子妇人"糊里糊涂丢了性命。还有秦明的家小，官府误以为秦明造反将他们皆杀了，秦明妻子的首级被军士用枪挑着示众！这一切不过为了一个目的，用宋江的话说，意在绝了秦明"归路""不恁地时，兄长如何肯死心塌地？"

《水浒传》描摹秦明，多次用"怒挺胸脯""怒不可当""怒得脑门都粉碎了"等语言形容其性烈如火，可是等到宋江和盘托出毒计时，秦明却仅仅"怒"了一下，便很快软化了态度，"你们弟兄虽是好意"云云。秦明自上山入伙始，至征方腊阵亡止，我们看不到这个原本性烈如火，又经历了人生奇冤奇惨之事的男人有丝毫的心理波动。"霹雳火"为什么熄灭了？也许各人自有各人的看法。宋江当日安慰饱受丧家之痛的秦明说："若是没了嫂嫂夫人，花知寨自说有一令妹，甚是贤惠，他情愿赔出，立办妆奁……"秦明面对宋江是孙悟空见了如来佛，无法可施，霹雳火也哑火了。

就宋江而言，秦明的归顺是有多种意义的。秦明是第一位官府归顺的高级军官，他武艺高强，论武功，当时花荣等人都在他之下，是个人才。同时也表现了宋江智谋的过人之处及善于笼络人心的特点。当然，也暴露了宋江心狠手辣、极其残忍的一面。宋江具备了政治家的素质。秦明又是何等人物？简单而职业的军事人才，武艺高强，有勇无谋，可为将不可为帅。宋江正是利用了他这些特点，拿住了他。他能位居梁山第七把交椅，位居梁山马军五虎将的第三位，也得益如此，宋江对他有别于他人，是另有隐情的，此处已不用言明。最终，秦明效命沙场，死于征方腊的途中，终显职业军人的本色。

花荣战秦明

一对南山猛虎，两条北海苍龙。龙怒时头角峥嵘①，虎斗处爪牙狰狞②。爪牙狰狞，似银钩不离锦毛团；头角峥嵘，如铜叶振摇金色树。翻翻复复，点钢枪没半米放闲；往往来来，狼牙棒有千般解数。狼牙棒当头劈下，离顶门只隔分毫；点钢枪用力刺来，望心坎微争半指。使点钢枪的壮士，威风上逼斗牛③寒；舞狼牙棒的将军，怒气起如雷电发。一个是扶持社稷天蓬将，一个是整顿江山黑煞神。

注释

①峥嵘：高大耸立。
②狰恶：狰狞、凶恶。
③斗牛：星宿名，斗宿和牛宿。

赏析

　　慕容知府派秦明到清风寨捉拿花荣，在清风寨下，二位英雄有了这一番厮杀。

　　秦明和花荣同为天罡星，作者在描写他们恶斗时，以"龙、虎"比喻二人。写龙，写了龙鳞在腾飞时金光四射；写虎，写了虎的利爪在金黄色皮毛的映衬下银光闪耀。花荣气冲牛斗，秦明怒发雷电，用夸张手法更凸显了高手交战的气势！

　　短兵相接的时候最紧张，劈刺接连，两人大战四五十回合，危急之处，兵器离要害只有分毫。这同样是夸张手法，乃是往小处夸张，目的就是突出两人武艺的高强之处——刺得正好，躲得也及时。

　　在第二句龙虎斗之后，第三句先接的虎，后接的龙，有异于平时的下文按照上文写作顺序延续先接龙后接虎的写法。这种现象在中国古典诗词中被称作"回鸾倒凤格"，这种变化避免了形式上的千篇一律，给读者以新鲜感。

第三十五回

小李广射雁

鹊画弓①弯开秋月，雕翎箭②发迸寒星。塞雁排空，八字纵横不乱。将军拈箭，一发端的③不差。孤影向云中倒坠，数声在草内哀鸣。血模糊半涴④绿稍翎，大寨下众人齐喝采。

注释

①鹊画弓：（弓身）饰以鹊形的弓。
②雕翎箭：中国古代惯用的一种箭。
③端的：多见于早期白话，意为真的、确实。
④涴：污，弄脏。

赏析

花荣跟随宋江上梁山后，发现自己并没有引起众人的关注，为了展示自己高超的射箭技艺，他说要射下天空中飞行的雁群中第三只雁的头。这首诗便是描写他射箭时的动作。

第一句写他开弓。花荣使用装饰鹊形的精美弓箭，拉开弓弦，弓变成了满月之形，表现出花荣惊人的方臂力。

第二句写射箭。雕翎箭以极快的速度飞出，好像与空气摩擦出火星，极言箭速之快。箭飞得快，自然是人的射箭技术好。连续两句的间接描写都是为了展现花荣的高超技艺。

雁阵在天上队形不乱，丝毫未受到箭的影响，侧面写射得精准。孤影倒坠，草内哀鸣，自然是描写被射中的大雁掉落之状，呼应了前文将军"一发端的不差"。

常人射箭，能射中静态箭靶算是入门，射中动态箭靶已是少有。而花荣在仰视的角度，在常人无法判断射程距离的情况之下，射移动的箭靶，而且能说射哪里就射中哪里，技艺之高超何止百步穿杨，让人叹为观止。花荣作为梁山泊八骠骑之首，并非浪得虚名。

第三十六回

平居自警箴

上临之以天鉴①，下察之以地祇②。

明有王法相继，暗有鬼神相随。

忠直可存于心，喜怒戒之在气。

为不节而忘家，因不廉而失位。

劝君自警平生，可叹可惊可畏。

注释

①鉴：观察，审察。
②地祇（qí）：地神。

赏析

　　这是一篇劝人为善的箴言。文短意深，虽然有说教的嫌疑，却是基于善念。整篇箴言的大意如下。

　　古时候，人们劝人不为恶事，总是会说"抬头三尺有神明"，自己所做之事，人不知不等于鬼神不知。抛开其中的迷信因素，第一句话是告诫人们，人生在世，做任何事情总是要有所敬畏，天地神明都在监督着你的所作所为。

人间自有律法存在，也要认真遵循。人要有敬畏之心，因为有了敬畏，便有了行事的底线，有了底线才有了行事的"度"。如果一个人不顾道义，不顾法律上的种种限制，成为天不怕地不怕的人，那么即便一时得逞，最终还是会自毁其身。

正确的做法是把忠直放在心中，作为自己行事的标准与底线；克制自己的情绪，不违忠直之道。

若是不如此，没有道德限制，便会丧失气节，重者有害于国家，轻者有害于个人。所以，时时自警，处处自警，事事自警，才是立世之道。

第三十七回

临江仙·赞张横

七尺身躯三角眼，黄髯赤发红睛。浔阳江上有声名。冲波如水怪，跃浪似飞鲸。

恶水狂风都不惧，蛟龙①见处魂惊。天差列宿②害生灵。小孤山③下住，船火号张横。

注释

①蛟龙：龙的一种，有鳞甲，曰蛟龙。
②列宿：群星。
③小孤山：山名。在江西省彭泽县北，安徽宿松县东，屹立于长江之中，高峻秀丽，俗称髻山。

赏析

　　张横、张顺二兄弟是水浒的又一类人物。他们生长于水乡，熟悉水性，是水上豪客，在浔阳江上确有精彩的表演。这首人物赞词，活灵活现地展示了一位水上英雄的容貌。

　　张横是江州小孤山人。江州在今天的江西九江。张横身高七尺，生就一双三角眼，红头发，黄胡子，瞪着一双血红的眼睛。这双红眼睛因好赌、熬夜所致。正是赌输了，半夜三更又到江上打劫来了，碰上了有钱的宋江。张横一边摇着橹，一边高兴地唱道："老爷生长在江边，不怕官司不怕天。昨夜华光来趁我，临行夺下一金砖。"听到这段唱，宋江和两个公人身子都软了。这船上三个人被逼着脱光了衣服。张横连死者衣服都要，而且要得方便、干净，也要得狠，还不用费力，真是江上行劫的老手、高手。张横连杀人都懒得自己动手了。正当三人被逼着要去跳江，碰上李俊正带着童威、童猛兄弟在江上运私盐，也是在干着犯法的事。双方一对话，这三人都得救了。李俊是这江州地面的江湖领袖，他带着张横、穆弘、穆春、童威、童猛，参拜了宋江。张横参加了江州劫法场救宋江的军事行动后，上了梁山，成为水军的将领之一，位列一百零八条好汉的第二十八位。

张横是反对招安的将领之一，在反击高俅的围剿时捉了高的将领党世雄，同李俊一起捉了王文德，还捉了高俅的心腹牛邦喜，因担心宋江会放人，就私自杀了牛邦喜。在征方腊中也是屡建战功，在攻打杭州时杀了方腊的太子方天定，不但为弟弟报了仇，也立了大功。弟弟的死对张横的伤害很大，所以他是在精神错乱的状态下杀了方天定。可能是死人太多的缘故，当攻下杭州之后，杭州城内瘟疫盛行，使得张横也从此一病不起，最终病死在杭州。换一种说法，张横精神错乱，在瘟疫中死去了。

第三十八回

浔阳江景

　　云外遥山耸翠，江边远水翻银。隐隐沙汀①，飞起几行鸥鹭；悠悠别浦②，撑回数只渔舟。红蓼③滩头，白发公垂钩下钓；黄芦岸口，青髻童牧犊骑牛。翻翻雪浪拍长空，拂拂凉风吹水面。紫霄峰上接穹苍，琵琶亭畔临江岸。四围空阔，八面玲珑④。栏杆影浸玻璃，窗外光浮玉璧。昔日乐天⑤声价重，当年司马泪痕⑥多。

注　释

①沙汀：水边或水中的平沙地。
②别浦：河流入江海之处称浦，或称别浦。
③红蓼：一年生草本植物。
④八面玲珑：意为窗户很多，四面八方通透明亮。
⑤乐天：即白居易，字乐天。
⑥司马泪痕：语出白居易的《琵琶行》："座中泣下谁最多？江州司马青衫湿。"

赏析

　　本词写的宋江与戴宗到琵琶亭上所观江景。

　　开头一句，远景起笔描绘，苍山葱翠，江水翻起白色的浪花，画面向纵深拉开，意境辽阔。深绿色与白色相配，赏心悦目。接着镜头拉近，鸥鹭与渔舟缓缓地从辽阔的画面穿过，点染式的效果，给人悠闲的感觉。再近些可见江边代表性的人物活动：渔翁垂钓，童子牧牛，自然景物和人类活动就这样和谐地融合在一起了。

　　描写完江景，便是描写琵琶亭周边了。琵琶亭临江而立，四周空旷，视野开阔。栏杆的影子倒映在水中，窗外日光反射在水面上。在这样的亭子里向外观景自然是畅快无比。

　　词最后点出了琵琶亭名字的来历，原来与白居易有关，一提司马青衫无人不知，无人不晓，这又给美景增添了文化色彩。

第三十九回

回首诗

闲来乘兴入江楼①，渺渺烟波接素秋②。

呼酒谩③浇千古恨，吟诗欲泻④百重愁。

赝⑤书不遂英雄志，失脚⑥翻成狴犴⑦囚。

搔动⑧梁山诸义士，一齐云拥⑨闹江州。

注 释

①江楼：指浔阳楼酒店。

②素秋：秋季，秋色白，故称素秋。

③谩（màn）：轻慢，没礼貌。

④泻：排遣。

⑤赝：假的，伪造的。

⑥失脚：失足。比喻犯错误，出差错。

⑦狴犴（bì àn）：传说中的一种走兽，古时人们常把它画到牢狱的门上，后称牢狱为"狴犴"。

⑧搔动：即骚动，扰乱，惊动。

⑨云拥：比喻许多人聚集到一起。

赏 析

这首诗概括了本回的主要内容。首联写的是宋江病愈之后，去城中寻戴宗、李逵、张顺不得，于是自己进浔阳楼喝酒。此时正值秋高气爽之时，江面烟波浩渺，非常壮观，宋江为美景所陶醉。颔联写他因醉酒联想起自己怒杀阎婆惜之后的种种遭遇，感慨身世浮沉，于是借酒浇愁，便在墙壁上提诗，谁料为小人诬告。颈联写的是梁山好汉为了搭救宋江，伪造了太师家书，因为一个印章的失误，结果被识破，宋江与戴宗双双入狱。尾联则是梁山好汉为救宋江和戴宗，劫法场大闹江州城事件。

作为具有情节概括作用的诗歌，本诗以叙事为主，兼有写景与抒情。

浔阳楼歌

雕檐映日，画栋飞云。碧阑干①低接轩窗，翠帘幕高悬户牖②，吹笙品笛，尽都是公子王孙；执盏擎壶，摆列着歌姬舞女。消磨醉眼，倚青天万叠云山；勾惹吟魂，翻瑞雪一江烟水。白苹渡口，时闻渔父鸣榔③；红蓼滩头，每见钓翁击楫。楼畔绿槐啼野鸟，门前翠柳系花骢④。

注 释

①阑干：用竹、木、砖石或金属等构制而成，设于亭台楼阁或路边、水边等处遮拦用。
②户牖（yǒu）：门窗。
③鸣榔：敲击船舷使之作声。用以惊鱼，使鱼入网中，或为歌声之节拍。
④骢（cōng）：青白色的马。

赏 析

浔阳楼是中国江南十大名楼之一，这首词便是写浔阳楼的盛景的。名楼，其装饰自然是前几回中小酒店不能比的。它有装饰着雕刻品的飞檐，有描画着精美图案的梁栋，还有碧色的栏杆和翠绿色的帘幕，这段直接描写可以说色彩纷繁，奢华精致。在浔阳楼中消费的都是达官贵人，侍奉左右的则是众多的歌姬舞女。描写客人的身份和地位，从侧面表现了浔阳楼的繁华。

写完楼内之景后，作者继续描写楼外之景。浔阳楼临江而建，远眺自然是万重云山，一江烟水。"万"和"一"这两个数词用得极好，"万"突出山之众多，"一"与"万"形成数量上的绝对对比，显现出江水纵横万山之间的广阔。江面上传来有节奏的鸣掷击楫之声，又增添了江边的生活气息。楼的另一侧是陆地，树上野鸟的鸣叫，门前拴着的花骢，都显示着这里自然环境的优雅。

西江月·自幼曾攻经史

自幼曾攻经史①，长成亦有权谋②。恰如猛虎卧荒丘，潜伏爪牙忍受。

不幸刺文双颊③，那堪配在江州④。他年若得报冤仇，血染浔阳江⑤口。

注释

①经史：经书和史书。
②权谋：权变和计谋。
③刺文双颊：刑法。在犯人脸面上刺金字。
④江州：地名，即今天的南昌。
⑤浔阳江：江名，指长江流经浔阳县境一段，在今江西省九江市北。

赏析

宋江获罪刺配江州，郁积在心中的愤懑因酒醉喷发而出，豪情纵横地抒发了他深藏于心中的不凡抱负，被当政者称为"反诗"。词中流露的"血染浔阳江口"的想法正是他后来作为农民起义领袖的思想基础。短短几十个字，就让读者感受到他的不平、愤懑和将要有所作为的雄心壮志。上阕自述身世抱负，语句通俗直言不讳。"自幼曾攻经史，长成亦有权谋"，是说自己文通经、史，自有经邦济世之才；武晓韬略，知以奇用兵，先计而后战的应变之术。然而北宋徽宗昏暗不明、贤愚不辨，重用蔡京、童贯等奸佞小人，致使豺狼横行、忠贤被黜、黎民受压。"恰如猛虎卧荒丘，潜伏爪牙忍受"两句，采用比喻手法，以猛虎卧于深山荒丘比喻自己之不得志，只能暗中收敛起尖牙利爪忍受屈辱等待着时机到来。反映出踌躇满志的词人不向恶势力低头、敢与命运抗争的叛逆性格。应当注意的是，以"猛虎"自喻，抒发了非同寻常之志，而虎为百兽之王，可以呼啸生风。所以此处已表达了词人有叱咤风云、改朝换代的志向。

下阕写遭受迫害的词人，原本具有的反叛意识便有了进一步的升华。"不幸刺文双颊，那堪配在江州"两句，记述词人受到官府的酷刑后，又变成了流放犯，被发配到江州（今江西九江市一带）。"刺文双颊"，指古代的黥刑，又叫墨刑，即以刀刺文于犯人的面颊、额头后以墨涂之，墨生于肉，则刺文不去，留下终生的耻辱。这对于一般人尚且不堪忍受，何况是一个文武全才、胸怀大志、以猛虎自比的人！

所以"他年若得报冤仇，血染浔阳江口"便是该词的必然结尾，也是词人多年壮志、满腹积恨如山洪般地暴发，鲜明地表现了"官逼民反""要生存就要反抗斗争"的主题。"浔阳江口"便在江州，是他流放服役之处；"血染"之义，便是真刀真枪地大干一场，对大大小小的奸臣贼子决不宽恕。这是铮铮铁骨的七尺男儿复仇的怒吼，不愧是后来纵横江湖、驰骋数州、经历十郡，一时之间宋军不敢抗拒的义军领袖应有的气魄。

该词格调高昂激越，写作手法是由低到高、由柔到刚循序渐进地进行陈述与抒发，虽然语言通俗明白如话，毫无文饰，但难得的是真情实感发自心底，没有丝毫矫揉之气，读其词如见其人。

宋江反诗

心在山东身在吴①，飘蓬江海漫嗟吁②。
他时若遂凌云③志，敢笑黄巢④不丈夫。

注释

①山东：春秋时晋国，以及六朝时的北魏、五代时的晋国，以地居太行山西，故称太行山以东为山东。吴：地名。江苏省古为吴地，因别称曰吴。
②飘蓬：随风飘转的蓬草，比喻人的流离漂泊。嗟吁：伤感长叹。
③遂：顺，如意。凌云：乘云高飞。与"凌霄"同。
④黄巢：晚唐农民起义领袖。

赏析

宋江在江州浔阳楼酒家，乘酒兴题词后，又作诗一首，道出他蓄积已久的反志。与《西江月》相比，这首诗减少了叙事的部分，增加了抒情的分量。

第一句通过"心"和"身"所在之处的不同，表达了对家中亲人的思念，写了自己如飘蓬一般漂泊于江湖之上，延续了上文宋江对自己身世的感叹。

从"漫嗟吁"开始便与《西江月》有了很大的不同。《西江月》言"他年若得报冤仇"，本诗言"他时若遂凌云志"，"凌云志"乃是一生的愿望，"报冤仇"只是一时的目标。据此可以推知，本诗表达的是宋江内心深处更为真实、隐秘的想法。

"血染浔阳江口"与"笑黄巢"之间更是不能相比。血染浔阳江口，最多让人感觉这是一个有仇必报之人，此人不过厮混市井而已。但黄巢是一代起义军首领，且能文能武，颇有才干。联系上文的《西江月》，宋江自述自己饱读诗书，兼有权谋，这与黄巢何其相似！黄巢起义造反，可惜最后失败，莫非是这引来了宋江之"笑"？

这句话饱含着宋江对建功立业的渴望，但是以他此时因犯罪被朝廷处罚的配军身份，这句寓意颇深的话，必定会为他引来祸患。这就不难理解为什么黄文炳能抓住这首诗兴风作浪，把宋江定为反贼了。

西江月·仿佛浑如驾雾

仿佛浑如驾雾，依稀好似腾云。如飞两脚荡红尘，越岭登山去紧。

顷刻才离乡镇，片时又过州城。金钱甲马①果通神，万里如同眼近。

注释

①甲马：又名纸马或甲马纸，中国民间祭祀财神、月神、灶神、寿星等神祇时所使用的物品。古人祭祀用牲币，秦俗牲用马，唐代玄宗以后始以纸马祀鬼神。

赏析

戴宗绰号是"神行太保"，原因就是他有道术神行法，可以日行八百里。这首词便是对他"神行"的描述。

中国的神话传说中，有法术的人一定会腾云驾雾，词的开始首先描绘了腾云驾雾的场景，营造了一种神奇的幻境，来凸显戴宗的本领。

接下来两句是对"神行"的具体描述：两脚如飞一般跑得极快，翻山越岭也离开得极快。乍一看像是跑步，但是联系上文腾云驾雾的场景，戴宗的跑步又不是一般的跑步。介于现实和超现实之间的"脚底生风"式的行走，让读者浮想联翩。

"顷刻""片时"都言时间之短；"乡镇""州城"是说距离之长。长短的强烈对比，凸显出一个"神"字。

最后一句中"万里"和"眼近"的对比，依然是表现戴宗的速度之快，而"金钱甲马"也是十分有趣的。戴宗的甲马是他的神器，用时取出，放置在腿上，行走的速度取决于甲马的数量。甲马用完后要烧掉，同时还要与纸钱一起烧，以示对神灵的敬意，还要忌酒吃素方能灵验。这些内容又为戴宗的"神行"增添了浓厚的神奇色彩，使得这个人物在水浒故事中能够完成一些艰巨的任务，让众人信服。

第四十回

江州劫法场

有忠有信天颜①助，行德行仁后必昌。

九死②中间还得活，六阴之下必生阳③。

若非吴用施奇计，焉得公明离法场。

古庙英雄欢会处，彩旗金鼓势鹰扬④。

注释

①天颜：天子的容颜，这里指上天。

②九死：喻极危险之境遇。

③"六阴"句：指物极必反。

④鹰扬：威武的样子。

赏析

　　这首诗概括了本回的主要情节。因吴用疏忽，使戴宗携带的假信被识破，宋江、戴宗被打入死牢，随即便要问斩，两人到了九死一生之时。

　　宋江之所以脱险，作者认为他平日里乐善好施，助人于危困，先行了忠义仁德，一定会得到回报。其实这个案件中为梁山好汉争取到营救时间的是黄孔目，他是戴宗的朋友，这也是戴宗平时行仁德的回报。所以本诗没有先叙事，而是先把施行忠义仁德的好处说在前面，宋江、戴宗的事件就是很好的证明。

颈联说梁山英雄劫法场一事，充分说明了三点：第一点，吴用"智多星"的名号名不虚传，计划周密；第二点，梁山好汉们有很强的合作能力，他们装扮成市井各色人等混进法场，能够很好地控制局面；第三点，李逵在这场厮杀中十分英勇，他在牢中悉心照顾宋江，也算得上是有勇有义之人。只可惜李逵杀红了眼什么都不顾，这也是他最大的弱点。

等众人成功劫了法场，尾联白龙庙小聚会时，梁山已经有二十九位首领，梁山军事集团已经初具规模，气势日益旺盛。

第四十一回

长江怀古诗

万里长江水似倾，重湖七泽①共流行。

滔滔骇浪应知险，渺渺②洪涛谁不惊。

千古战争思晋宋③，三分割据④想英灵。

乾坤草昧⑤生豪杰，搔动貔貅⑥百万兵。

注释

①七泽：云梦七泽，在今湖北省境内。
②渺渺：悠远的样子。
③晋宋：东晋与刘宋王朝。
④三分割据：指魏、蜀、吴三国鼎足而立的局面。
⑤乾坤：指天地。草昧：创始，草创。
⑥貔貅：中国古书记载和民间神话传说的一种凶猛的瑞兽，古时候人们常用貔貅来作为
　军队的称呼。

赏析

　　宋江带领梁山军队攻打无为军，在船上见长江烟波浩渺，因此
用这首诗来赞颂长江的雄伟。
　　诗歌的首联写长江的地理风貌，九千三百里的水面，波涛滚
滚，汇聚着其他江水，贯通了云梦泽。一幅壮丽的图景在众人眼前
展开。

颔联写水。惊涛骇浪，险象环生，千里之景均是如此，让身处其中之人心惊胆战。长江自古有"天险"之称，此一联着力表现了其"险"。

颈联用典转入议论，晋宋争雄，三分天下，一条长江见证了朝代的更替。多少人在此功成名就，多少人在此灰飞烟灭。这些典故，既是缅怀古代英雄，也是暗示着此番事件还是与争端有关。

尾联可以从两方面理解：一是承接上一联，长江多有英雄豪杰指挥百万雄兵；二是梁山好汉皆为豪杰，又为宋江之事攻打无为军，这将是发生在长江上的又一场战事。

火烧黄文炳

黑云匝①地，红焰飞天。焠律律②走万道金蛇，焰腾腾散千团火块。狂风相助，雕梁画栋片时休；炎焰③涨空，大厦高堂弹指没。骊山顶上，多应褒姒戏诸侯。赤壁坡前，有若周瑜施妙计。丙丁神④忿怒，踏翻回禄火车。南陆将施威，鼓动祝融⑤炉冶。咸阳宫殿焚三月⑥，即墨城池纵万牛⑦。冯夷⑧卷雪罔施功，神术栾巴⑨实难救。

注释

①匝：环绕，满。
②焠（cuì）：烧，灼。律律：山高峻，此处指火焰烧得高。
③炎焰：火焰。
④丙丁神：火神。
⑤祝融：三皇五帝时夏官火正的官名。炎帝后代黄帝夏官祝融容光为南方灶神火神。
⑥"咸阳"句：指项羽火烧阿房宫。
⑦"即墨"句：指战国时齐将田单固守即墨，以火牛之计获胜。
⑧冯夷：古代神话中的黄河水神。
⑨栾巴：精于道术，一次在朝廷大宴中，将皇帝赐的酒洒向西南，朝廷要治他不敬之罪，他说："臣适见成都市上火，故臣漱酒为雨救之，非敢不敬。"这就是救火的典故。

赏析

黄文炳进谗言，将宋江题壁诗定为反诗，要斩首宋江与戴宗。宋江获救后，想杀黄文炳一家报仇，这首诗就是火烧黄文炳家的情景。

第一句是概括之句，写火烧得浓烟滚滚，染红天际。接下来是细节描写，火焰如金蛇四处游走，到处都是燃烧的建筑和分进的火势。风助火势，用夸张手法表现出顷刻间建筑物便被大火吞灭。

从第四句开始，连续用典，烽火戏诸侯、火烧赤壁、火神动怒、火烧阿房宫、火牛阵，皆是取典故中的"火"。

第四十三回

偶遇李鬼

山迳崎岖①静复深，西风黄叶满疏林。
偶逢双斧喽啰②汉，横索行人买路金③。

注释

①崎岖：山路不平。
②喽啰：旧称占有固定地盘的强人部众，现在多比喻追随恶人的人。
③买路金：为顺利通过道路，留给恶人的或被抢去的钱财。

赏析

　　这首诗歌提到的人是李鬼。第一句写了李鬼打劫的山林：一是山路崎岖，必定视线不好，路人遇险难有人发现；二是偏僻幽静，林深树密，定然人迹罕至。这样的自然环境，乃李鬼打劫的绝佳场所。

　　第二句交代了故事发生的季节——深秋，当时已经是西风起，落叶满地了；二来利用西风吹来的寒冷和满地落叶的萧瑟，营造出一种阴冷的氛围，暗示着会有什么事情发生。

　　第三、四句写到了李逵发现李鬼顶着自己"黑旋风"的名号打劫路人钱财。这首诗推动了情节的发展，引出了新的人物上场。

李逵杀虎

沂岭西风九月秋，雌雄猛虎聚林丘。

因将老母身躯啖①，致使英雄血泪流。

手执钢刀探虎穴，心如烈火报冤仇。

立诛四虎威神力，千古传名李铁牛。

注 释

①啖：吃。

赏析

　　这部小说里的打虎英雄有四位：景阳打虎的武松，沂岭杀虎的黑旋风，猎虎的解珍、解宝，这四位都非常勇猛。武松打虎为性命，李逵杀虎则是为母报仇，解珍、解宝打虎为生计。

　　李逵上了梁山，看到宋江父子团聚、公孙胜下山探母，也勾起了自己对母亲的思念之情，于是返回家乡，背上母亲，准备接到梁山好生奉养。

　　诗的首联写到沂岭有雌雄猛虎，它为后文李逵母亲被老虎吃掉埋下伏笔，对下文的情节发展也有推动作用。正是因为猎户不能杀虎，才使得李逵杀虎引起了轰动，在人群中看热闹的李鬼的老婆这才认出了李逵。

　　颔联和颈联写的是李逵杀虎的原因与过程。与武松打虎相比，李逵与虎的搏斗就要简单得多。在这首诗之前，已经写到了李逵的诸多事件，表现了他性格中的勇猛、莽撞，打虎一事不需要再表现这些特点，而是重点展现李逵的"孝"。

　　母亲被老虎吃掉了，李逵没有因为危险就离开，而是要为母亲报仇，这是身为人子的责任。李逵能够千古传名，不仅是因为他的神力，更重要的是因为他的孝心。

第四十四回

豪杰聚义诗

豪杰遭逢信[①]有因，连环钩锁共相寻。

矢言[②]一德情坚石，歃血[③]同心义断金。

七国[④]争雄今继迹，五胡[⑤]云扰振遗音。

汉廷将相由屠钓，莫惜梁山错用心。

注 释

①信：确实。

②矢言：正直之言。

③歃血：古代举行盟会时，微饮牲血，或含于口中，或涂于口旁，以示信守誓言的诚意。

④七国：战国七雄，指东周末期的秦国、齐国、楚国、赵国、魏国、韩国、燕国七个国家。

⑤五胡：晋武帝死后，晋室内乱，北方少数民族匈奴族、羯族、鲜卑族、氐族、羌族相继在中原称帝，史称"五胡"。

赏 析

诗歌的前两联概括讲这一回中出现了众多英雄人物，他们结下了深厚的情谊。

为了救李逵，朱贵、朱福兄弟邀请李云入伙梁山；为寻公孙胜，戴宗遇杨林，杨林引荐邓飞、孟康、裴宣；戴、杨二人偶遇石秀为杨雄解围，杨雄与石秀结义。这一回以两件事为线索汇聚了众多的人物，且人物出场前后勾连互为因果，故事情节紧凑，人物关系清晰。

颈联以战国七雄争锋和五胡称帝的典故，指当时社会动荡不安，民间群雄四起的状况。同时也暗示这一回中出现的英雄非等闲之辈。

尾联从汉代开国将领的平民身份谈起，以此借指梁山英雄也是可以成就一番事业的。

第四十六回

赞时迁

骨软身躯健，眉浓眼目鲜。
形容如怪族①，行步似飞仙②。
夜静穿墙过，更深绕屋悬。
偷营高手③客，鼓上蚤时迁。

注 释

①怪族：异类。
②飞仙：飞于空中的仙人。
③偷营：偷盗行窃的营生。
高手：谓技艺高深者。

赏 析

杨雄、石秀在翠屏山杀了潘巧云，巧遇时迁，三人合议投奔梁山入伙。这首诗只赞扬了时迁。

书中的主要人物均是形神兼备、神采奕奕，然而其数笔粗陈或几笔描述的次要人物，其实也是各具特色，宛然若生，给人留下了深刻的印象。

在梁山榜上几乎居于榜末的"鼓上蚤"时迁，他的出名并非因为他是梁山好汉中的一员，而是因为他乃一位素来不登大雅之堂的"鸡鸣狗盗"之徒。

时迁，高唐州人氏，因不事生产，治生无术，乃流落江湖，是书中独具特色的人物。本诗中说他形如猿猴，步履如飞，更使人称奇者是他的神行之术，每于夜静更深之际，穿墙过壁，倒悬屋檐，妙手空空，使人防不胜防。然则其人品虽低，不失为可用之才。如成功偷盗徐宁祖传的雁翎甲，为诱徐宁上山提供了先决条件；又如在攻打大名府中时迁放火为号使其他人趁混乱劫狱；再如攻打曾头市中，时迁先被派去打探虚实，成功并详尽地打听到曾头市里情况。

他往往在关键时刻起到不可缺失的作用，虽有贼名，时迁的人品其实强于梁山上许多人物。比如就上梁山这一行为，许多人是被骗来的，如金枪手徐宁、霹雳火秦明；也有些人是被逼上来的，最典型的就是豹子头林冲。但也有少数人物是自愿加入的，时迁就是其中之一。他积极主动的态度表现在求杨雄、石秀携其同上梁山的言语中，可以看出他内心深处是厌倦自己的所作所为的，内心也向往梁山好汉那种忠义立身、替天行道的行为。

时迁除了身形轻灵，而且还很有智谋，相对细心机敏，这一点高明过梁山上很多人。例如，在攻打大名府时，孔明、孔亮两个人被派遣去扮乞丐，时迁就及时地发现其不妥之处，认为其红润白皙的面色不类流浪者，如被精明的人发现，就可能坏了大事。而在诱徐宁上山时候，时迁与汤隆一唱一和，配合得也是天衣无缝、恰到好处。

"泰山不让土壤，故能成其高；沧海不择细流，故能就其深。"梁山需要这形形色色的人物，无论是刻字匠、偷鸡贼、三班衙役、兵马统领，合起来，才见梁山好汉的战无不胜的巨大威力。

祝家店

　　前临官道，后傍大溪。数百株垂柳当门，一两树梅花傍屋。荆榛①篱落，周回绕定茅茨②，芦苇帘栊，前后遮藏土炕。右壁厢③一行书写：门关暮接五湖宾；左势下④七字句道：庭户朝迎三岛客⑤。虽居野店荒村外，亦有高车驷马⑥来。

注 释

①荆榛（zhēn）：泛指丛生灌木，多用以形容荒芜的情景。
②茅茨（cí）：茅草盖的屋顶。亦指茅屋。
③右壁厢：右边，右侧。
④左势下：左边。
⑤三岛客：传说东海的仙人居住在蓬莱、方丈、瀛洲三座海上仙山上。
⑥高车驷马：四匹马驾驶的、车盖很高的车。旧时形容高官显贵的阔绰。

赏 析

　　杨雄、石秀、时迁到了郑州，住到祝家店。这首词是对这个客店的描写，为我们展示出宋代乡村客店的风貌。

　　首先交代了客店的地理位置：靠路邻水，既保证了客源，又能方便生活。接下来描写了客店的装饰，和我们之前见过的乡村酒店一样，荆棘篱笆、茅草屋，充满乡村气息；芦苇门帘、大土炕，亦是非常简陋。

　　门前的对联很有客店的行业特色，上下联的意思就是开门广纳天下客。最后一句说客店虽然偏僻，但是依然有达官贵人到来。这就有点奇怪，客店规格不高，客人规格不低，表面上看似矛盾，联系这个客店在祝家庄上的作用，就可以知道祝家庄势力强大，暗藏着与其他村庄很是不同的秘密。

第四十八回

二打祝家庄

虎噬^①狼吞满四方，三庄人马势无双。

天王绰号惟晁盖，时雨高名羡宋江。

可笑金睛王矮虎，翻输红粉扈三娘。

他年同聚梁山泊，女辈英华独擅场^②。

注 释

①噬：咬，吞。
②擅场：压倒全场，指技艺高超出众。

赏 析

宋江率兵攻打祝家庄，因指挥失误，让军队中了埋伏，被困在庄前，眼看不能脱身。这首诗就写在此时，也是宋江命运的转折处。

首联接第四十七回陈述的祝家庄与其他两个庄园结成同盟抗击宋江的情况，用"势无双"三个字描写了祝家庄势力的强大。

颔联点明晁天王命众头领接应宋江。在这一战中，宋江经过实战的历练，他的军事才能一点点展现出来，梁山好汉

的战斗合作能力在祝家庄一战中也增强了。

这首诗最大的作用是在颈联引出了一员女将上场，那便是扈三娘。扈三娘武艺了得，被杜兴称为"最英雄"。一场对战，她擒得矮脚虎王英，让梁山泊颜面尽失。尾联揭示了扈三娘最后还是走上了梁山。

这首诗位于回首，在故事内容上承接上一回回末宋江被围，暗示本回中故事的发展脉络和人物命运，起到了推动故事情节发展的作用。

祝家庄赞

独龙山前独龙冈，独龙冈上祝家庄。

绕冈一带长流水，周遭环匝①皆垂杨。

墙内森森②罗剑戟，门前密密排刀枪。

飘扬旗帜惊鸟雀，纷纭矛盾生光芒。

强弩硬弓当要路，灰瓶炮石护垣墙③。

对敌尽皆雄壮士，当锋多是少年郎。

祝龙出阵真难敌，祝虎交锋莫可当。

更有祝彪多武艺，咤叱喑呜④比霸王。

朝奉⑤祝公谋略广，金银罗绮⑥有千箱。

樽酒常时延⑦好客，山林镇日⑧会豪强。

久共三村⑨盟誓约，扫清强寇保村坊。

白旗一对门前立，上面明书字两行：

填平水泊擒晁盖，踏破梁山捉宋江。

注释

①周遭：四周、周围。匝（zā）：环绕一周叫匝。

②森森：排列密集的样子。

③灰瓶炮石：灰瓶，古代战具。一种装有石灰的瓶，用以临阵击敌，使敌人不能张目。
　炮石，古代用炮抛射的石头。垣墙：短墙。

④咤叱：怒声。喑（yīn）鸣：厉声怒喝。

⑤朝奉：宋时一般用作对豪绅的尊称。

⑥罗绮：罗与绮，皆丝织物。

⑦延：引进，请。

⑧镇日：整天，从早到晚。

⑨三村：即书中所指的李家庄、扈家庄、祝家庄。

赏析

这首诗写了祝家庄的规模与气势。

首先写了祝家庄的地理位置：独龙冈上祝家庄，冈上有活水环绕，颇似护城河环绕城池。

庄内刀枪、矛盾、弓弩、灰瓶炮石一应俱全，旗帜招展，备战的均是少年英雄。

接下来写的是祝家的势力，祝氏三杰皆有万夫不当之勇。祝家庄的庄主祝朝奉颇具谋略，祝氏一族文韬武略齐备。祝家多金，且平时好客，广罗江湖人士。同时它与李家庄、扈家庄三家结为联盟，在独龙是最大的一股势力。这股势力联合的目的是抵抗梁山，他们甚至打出了"擒晁盖，捉宋江"的旗帜，这也是宋江不能容下他们的根本原因。

这首诗出现在宋江一打祝家庄失利后，二打祝家庄之前。这样有组织的庄园，在后面的故事中注定也不会那么容易就被攻下的。

女将扈三娘

雾鬓云鬟①娇女将，凤头鞋②宝镫③斜踏。

黄金坚甲衬红纱，狮蛮带④柳腰端跨。

霜刀把雄兵乱砍，玉纤手将猛将生拿。

天然美貌海棠花，一丈青当先出马。

注释

①雾鬓云鬟：头发像飘浮萦绕的云雾，形容女子头发之美。
②凤头鞋：汉族传统手工艺品。鞋头以凤纹为饰，因此得名，亦称"凤翘"。
③镫：指挂在马鞍两旁的铁制脚踏。
④狮蛮带：武官用的腰带。

赏析

　　《水浒传》里有三位女将：母大虫顾大嫂、母夜叉孙二娘、一丈青扈三娘。三位女将都是武功高强之人，但看绰号便有不同。顾大嫂是卖酒杀牛放赌的，生得"眉粗眼大，胖面肥腰。插一头异样钗环，露两臂时兴钏镯"。孙二娘是卖酒做人肉包子的，生得"辘轴般蠢坌腰肢，棒槌似桑皮手脚……浓搽就两晕胭脂"，这两位的共同点就是彪悍、俗气。

　　扈三娘出身于士绅之家，自小受到良好的教育，成长环境也优越，自然是大家风范：雾鬓云鬟、凤头鞋、黄金坚甲、狮蛮带，表明扈三娘的穿戴很讲究。"娇女将""柳腰""玉纤手"，每一处的外貌描写都透露着女性特有的柔软与娇美，拥有这样的相貌一定是位美娇娘。诗歌里赞颂她是"天然美貌海棠花"，更是清新脱俗。

　　而且这位女将武艺了得，与宋江所率之部对垒，一马当先生擒矮脚虎王英，展现出英气逼人的巾帼风范。

第五十回

得胜歌

云开见日，雾散天清。旱苗得时雨^①重生，枯树遇春风再活。一鞭喜色，如龙骏马赴梁山。满面笑容，似虎雄兵归大寨。车上满装粮草，军中尽是降兵。风卷旌旗^②，将将齐敲金镫响。春风宇宙，人人都唱凯歌回。

注释

①时雨：应时的雨水。
②旌旗：旗帜的总称。

赏析

宋江一打祝家庄失利，二打祝家庄有所起色，在吴用的谋划下三打祝家庄才取得了胜利，整个战事可谓是跌宕起伏。所以当梁山大获全胜之时，之前笼罩全军的阴霾一散而去，这才有了诗歌开头的两句景物描写。云开雾散不是写实之景，只是借用景物给人一扫阴霾的欢喜之感，是虚景。"旱苗得时雨重生，枯树遇春风再活"，既是比喻战局峰回路转，也是比喻新上梁山的众头领的新生。

祝家庄与梁山为敌，宋江率领梁山军队三打祝家庄。《水浒传》中从第四十七回到第五十回，花了三万多字的笔墨详细地描写了这一过程。

祝家庄一役，梁山荡平了对抗势力，得粮食五千万石，金银无数；招募了新的山寨头领、兵士，扩充了军事力量。"如龙骏马赴梁山""似虎雄兵归大寨"，全景式地描写浩浩荡荡的队伍归山。前队将领敲金，后队将士唱凯歌，这是行进过程中的细节描写。

三打祝家庄是梁山第一次与有组织的武装力量的抗衡，也是山寨内部协同作战的一次尝试。通过这次战斗，逐步形成了晁盖坐镇、宋江领兵、吴用谋划的作战方式。宋江在山寨的领导地位在这一次战役中被实际确立下来。

第五十一回

回首诗

龙虎山中走煞罡①。英雄豪杰起多方。

魁罡飞入山东界，挺挺黄金架海梁②。

幼读经书明礼义，长为吏道志轩昂③。

名扬四海称时雨，岁岁朝阳集凤凰④。

运蹇时乖遭迭配⑤，如龙失水困泥冈。

曾将玄女天书受⑥，漫向梁山水浒藏。

报冤率众临曾市⑦，挟恨兴兵破祝庄。

谈笑西陲屯甲胄⑧，等闲东府列刀枪⑨。

两赢童贯排天阵⑩，三败高俅在水乡⑪。

施功紫塞辽兵退⑫，报国清溪方腊亡⑬。

行道合天呼保义，高名留得万年扬。

注释

①"龙虎"句：咏本书第一回洪太尉到江西信州龙虎山，放走天罡星、地煞星之事。

②架海梁：架在海上的桥。此处喻指国家栋梁之材。

③长为吏道：长大做官吏。宋江做郓城县押司，押司属吏员。轩昂：高超不凡。

④ "岁岁"句：喻指宋江长年吸引江湖英雄好汉来拜访聚会。阳，太阳，喻指宋江。凤凰，喻指拜访宋江的英雄好汉。

⑤ 运蹇（jiǎn）时乖（guāi）：时运困厄，多灾多难。蹇，困窘，不顺遂。乖，失误，错谬。迭配：流放，指宋江被刺配江州。

⑥ "曾将"句：指宋江梦中接受九天玄女所赠的天书。

⑦ "报冤"句：指宋江为晁盖报仇，率领兵众打破曾头市。

⑧ "谈笑"句：指宋江、吴用破华州事。西陲（chuí），西方边境。因华州在梁山之西，故有此称。甲胄（zhòu），甲衣战盔，代指军队。

⑨ "等闲"句：从容随意地在东平府驻扎军队。此指破东平府事。

⑩ "两赢"句：指打败童贯征剿梁山的军队。天阵，颂称梁山打败童贯所排的九宫八卦阵。

⑪ "三败"句：指三次打败俅征剿梁山的军队。水乡，此指梁山泊。

⑫ "施功"句：指平辽。紫塞，北方边塞。秦筑长城土色为紫色，故有此称。

⑬ "报国"句：指梁山兵将平方腊事。清溪，方腊建都的睦（mù）州清溪县。

赏析

这首诗做了承前启后的咏叹。这篇回首诗篇幅自由，有巨大包容量，用气势磅礴的古风体写成，很是适宜得体。

开头点出小说人物故事缘起。把人物故事放到了足够广阔的四方英雄并起的大背景上，然后转入对小说主人公的咏叹，主人公的品德才能和功业，便有了深广的社会意义。古风咏写宋江为"黄金架海梁"。他的得志失意，便不只是个人穷通，而关系到了国家贤才是否得用之治乱安危大局。其后至"漫向梁山水浒藏"，是写他个人作为星君魁首事迹的部分。

此后四联，写宋江作为梁山群雄领袖，雄才大略的实现。本回晁盖、宋江请吴用定议山寨职事，由宋江发布任职号令。这就奠定了梁山以后各项执事分工的大格局，显示了宋江作为领袖人物的德望才能。叙事以此分为前后两个部分。此后写宋江为首的梁山集体，破地主庄园，破封建州郡，破朝廷专征军马，战胜外邦，平定南方。力量与功业由小到大，层次清楚，脉络分明，很能唤起读者爱赏新奇的心理。这八句写成严格讲求对仗的排律句式，使读者耳目为之一新。音韵铿锵激越，也见作者务求强力打动人心的匠意经营。词句略见粗放而不事雕琢，合于古风体制。用"报冤""挟恨"

"谈笑""等闲"等词语领起诗句，从人物心态的变化差异咏写事迹，显得生动活泼而避免了平淡枯燥之病。作为通俗小说的回首诗，可见其功力不凡。结尾两句照应"行道合天"起句，透露全书题旨。作者以传奇小说颂扬英雄的创作用心，表达得显豁鲜明。

第五十二回

回首诗

缚虎擒龙不偶然，必须妙算出机先①。

只知悻悻②全无畏，讵意冥冥却有天③。

非分功名④真晓露，白来⑤财物等浮烟。

到头挠扰为身累⑥，辜负日高花影眠⑦。

注释

① 妙算：精密的计划。出机先：做在造化变动之前。机，事物变化的缘由、契机。

② 悻悻：愤恨不平貌。

③ 讵（jù）意：哪会想到。讵，何。意，料到。冥冥：玄奥高远。

④ 非分功名：不合于本分的职位利禄。

⑤ 白来：平白得来，无故得来。

⑥ 挠扰：搅和扰乱。为身累：成为自身负担、累赘。

⑦ "辜负"句：耽误了清闲安乐的生活。辜负，对不起，引申为耽误。

赏析

　　这首律诗首联中"缚虎擒龙"之意，可理解为建立巨大功业，也可以理解为战胜强敌。这是人人会有的愿望。"不偶然"的肯定，却引出了人算先于造化的可望而难即之条件。只有超凡的智者才能做到，这表露了作者仰慕英雄豪杰之情意。颔联对心胸狭小任性使气者，以深玄难知的天意来提出警示。作者颂扬伟大奇事，却告诫人们不能盲目逞强。

颈联中非分之贵和白来之富，是未有妙算而擒缚到的龙虎。以"晓露""浮烟"喻其难以把握存留，隐含着切勿为其迷陷的讽劝。尾联前句，写此种富贵对自身是荣耀康泰的反面，对累赘应该抛弃而不该抱持不放，反增纷乱。后句写明应该珍惜的是以高眠求得身体舒泰，以花影达到审美的满足。此诗与书中正文之前、引首部分所引用的邵雍的七律有异曲同工之妙："纷纷五代乱离间，一旦云开复见天。草木百年新雨露，车书万里旧江山。寻常巷陌陈罗绮，几处楼台奏管弦。天下太平无事日，莺花无限日高眠。"《水浒传》用意中含有此意：在世事太平、百姓温饱的时代，借英雄传奇满足人们精神生活的审美愉悦。这是从这两首诗的尾联中都可以见到的。

第五十三回

刺奸佞

堪叹人心毒似蛇，谁知天眼转如车①。

去年妄取东邻物②，今日还归北舍家。

无义钱财汤泼雪③，倘来田地水推沙④。

若将奸狡为生计⑤，恰似朝霞与暮霞⑥。

赏析

　　诗的首联感叹"人心"之毒，字面上括及一切世人，真意却是
只谴责奸狡者。天眼如车的比喻，为颔联、颈联留下余地。东邻
去年被妄取之后无力讨还，但障蔽不住天眼明察，现时就会无可奈
何地还归北舍所有。不是由东到西的直来，而是到东至中再折而归

北，这使"转"字有明确着落，见出其匠心。

颈联的"无义""倘来"，照应"妄取"与"毒似蛇"。"钱财"与"田地"都是实物形象，可以得逞于一时。"汤泼雪""水推沙"的动态隐喻，写了它们或急剧消融，或积渐流失。这形象地说明了奸狡不能作为谋生之计。尾联上句做理性议论，结束用"朝霞与暮霞"的明喻作答。天上云霞的形象，比热汤浇雪与河水冲沙更为美好明丽。它将读者的想象引向更高远的天空。这使得诗作增添可以吟诵的情韵，达到了可以称之为诗的艺术境界之中。

戴宗戏李逵

戴宗神术极专精，十步攒①为两步行。

可惜李逵多勇健，云车风驾莫支撑。

注　释

①攒：积聚，积蓄。

赏析

宋江为救柴进，与军师吴用率梁山泊大军来到高唐州，与知府高廉对战，奈何高廉妖法厉害，唯有公孙胜可以克制。于是派神行太保戴宗和李逵二人前往蓟州寻访。戴宗作神行法，须素酒素食不得吃荤，可是李逵秉性顽劣，背后偷吃酒肉，于是戴宗在第二天施展法术时戏耍了李逵一番。

首句起笔即赞扬戴宗"神行太保"的称号绝非徒有虚名，"极专精"三个字高度凝练概括，意味着就神行术一道戴宗算是练到家了，因此即使戴宗武艺箭术不及林冲和花荣，他也是水泊梁山不可或缺的一员大将，许多次危难关头也是亏得戴宗施展神行术传递消息才化险为夷。"十步攒为两步行"，一个"攒"字点出了神行术的实质，别人十步积聚的距离在戴宗这儿只是轻飘飘的两步，这也难怪一日能行八百里。

最有意思的是最后两句，纵使像李逵那样勇猛无敌的汉子，一旦腿上缚上施了法的甲马，浑如驾云一般飞也似的去了，也是吓得连连大叫，最终认错求饶。以李逵这粗鲁汉子的反应衬托神行法术的神妙，也很有趣。

清道人隐处

半空苍翠拥芙蓉，天地风光迥①不同。

十里青松栖野鹤，一溪流水泛春红②。

疏烟白鸟长空外，玉殿琼楼罨画③中。

欲识真仙高隐处，便从林下觅形踪。

注 释

①迥：远。
②春红：指落花。
③罨（yǎn）画：色彩鲜明的绘画。

赏 析

戴宗与李逵访遍蓟州城外大小村镇，最终从一个老汉口中得知公孙胜的隐居处，二人施起神行法，来到九宫县二仙山下，已时至傍晚。

首联起笔颇大，一下子铺展开一幅大气恢宏的画面，翠峰叠嶂簇拥着残阳，天地风光与凡尘俗世迥然不同。

颔联对仗尤为工整，色彩对比亦是分明。一是青中蕴白，一是碧里流红，所见的景物也饶有情趣：这边是青松野鹤遒劲刚健，那边是落花流水细柔婉约，二者浑然一体，和谐共生，此景此境美哉！

　　再看颈联，视角愈发开阔，浩荡长空之上，偶见青烟缭绕、白鸟飞翔，鲜妍画卷中那若隐若现的不正是仙家楼台吗？此联之景浓淡相宜，颇有仙家隐居之地的风范。也难怪尾联如此结句，原来这正是"真仙高隐"之处，戴宗、李逵终究觅得公孙胜的"形踪"。

第五十四回

西江月·赞呼延灼

开国功臣后裔①，先朝良将玄孙②。家传鞭法最通神，英武惯经战阵。

仗剑能探虎穴，弯弓解射雕群。将军出世定乾坤，呼延灼威名大振。

赏析

这一回，高廉败在公孙胜的五雷天罡正法之下，终被雷横斩杀。其兄高俅高太尉奏天子，请旨扫清水泊，剿除逆贼，并保举一人担此大任，此人正是呼延灼。

这呼延灼是宋国开国之初河东名将呼延赞的嫡派子孙，前两句先道明其出身家世，实在是簪缨世族，名门虎将！正因如此，呼延灼继承家学，武艺超群，使两条铜鞭，有万夫不当之勇，在与梁山泊大军对阵的第一战中，就与林冲、扈三娘、孙立几员猛将连番恶斗，不曾落败。由于熟悉兵法，惯经战阵，呼延灼运筹帷幄，不仅奏请调来百胜将军韩滔与天目将军彭玘助阵，还巧设连环马阵，杀得梁山泊损兵折将。

为了表现呼延灼的艺高胆大，作者用"探虎穴""射雕群"这样一般人难以完成的任务渲染，只有有如此神力的人，才配有最后两句的评价：将军出世定乾坤，呼延灼威名大振。

第五十五回

武将吟

幼辞父母去乡邦①，铁马金戈②入战场。截发为绳穿断甲③，扯旗作带裹金疮④。腹饥惯把人心食⑤，口渴曾将虏血尝⑥。四海太平无事业⑦，青铜⑧愁见鬓如霜。

注释

①去：离开。乡邦：同"乡国"，即家乡，故乡。
②铁马金戈：披甲的战马和金属做的兵器。
③"截发"句：割下头发作绳串联起断落的甲叶。清代以前我国汉族男女皆留长发，所以可截下编织代绳。
④带：裹伤的带。金疮：中医指刀箭等金属器械造成的伤口。
⑤"腹饥"句：指战场上无法用饭而生吃人心。
⑥"口渴"句：战争中以敌人之血止渴。
⑦无事业：没有事情可以当成职业。
⑧青铜：古代以青铜（今称白铜）铸镜，因以青铜代指镜子。

赏析

这是一首咏战争的诗，专道武将难做，借以抒发"一将功成万骨枯"的感慨。

首联先从战士背井离乡写起。用"幼"字点明从军之早，时间之长。再用"铁马金戈"描绘战士出生入死、久战沙场的场景。这样，既造就了他们建功立业的雄心，又培养了他们冷酷无情的气质。这就为中间两联描写奠定了基础。

　　颔、颈两联是全诗的重点。要战斗，就必然有伤亡。在两军对垒中打得丢盔断甲是常有的事。这里的"发穿断甲""旗裹金疮"写出了战斗的激烈和战士的勇猛，令人斗志昂扬。"腹饥""口渴"一联，显然是受了岳飞《满江红》词"壮志饥餐胡虏肉，笑谈渴饮匈奴血"两句的影响。写尽了战争的残酷，正是"一将功成万骨枯"的写照。

　　尾联写将士的反常心理情态，令人深思。按照正常的想法，人们都希望没有战争，以乐太平。而这些武将却不然，他们为没有厮杀而悲愁，直到头发如霜，这是何等被扭曲了的心理？这也是他们的悲剧所在。

第五十六回

初更角韵

角韵①才闻三弄，钟声早转初更②。云寒星斗无光，露散霜花渐白。六街三市，但闻喝号提铃③；万户千家，各自关门闭户。对青灯学子攻经史，秉画烛佳人上绣床。

注释

①角韵：即角声，五声之一。
②初更：旧时每夜分为五个更次。晚七时至九时为初更。
③喝号提铃：指夜间警戒之事。提铃，古时从傍晚至拂晓定时摇铃，以示太平无事。

赏析

　　《水浒传》中对夜景的描述多是山林野地，暗藏杀机。展现市井夜晚风貌且又如此静谧祥和的夜景并不多见。此时为破呼延灼的连环马，鼓上蚤时迁受命盗取金枪班徐宁的祖传宝物"赛唐猊"，因此来到其家附近守望以待时机。

　　这是一个多么安静的夜晚。刚听得三遍角声徐徐传来，谯楼禁鼓已报时至初更。抬头仰望，云寒风冷，本应灿烂的星河显得暗淡无光；低头俯视，更深露重，却因寒冷凝结成银白色的霜花。通过视角的变换，以"星斗无光""霜花渐白"突出一个"寒"字。为生活奔忙一天的人们各自回家，东京汴梁的大街小巷早已不复白天的熙熙攘攘和热闹喧嚣。千家万户，关门落锁，只能听到巡夜人手摇铜铃，大声喝号，提醒夜间安全警戒之事。此一"但闻"以动衬静，越发凸显夜的寂静安谧。

不过，也有那不愿休憩之人，如那想要蟾宫折桂的学子还在青灯下苦读，如那待字闺中的少女还要在烛光中准备嫁衣，也有那鼓上蚤时迁，为解梁山之困正在伺机而动准备盗甲。

赚徐宁

宝铠悬梁夜已偷，谩①将空匣作缘由。

徐宁不解牢笼计，相趁②相随到水头。

注释

①谩：欺骗，蒙蔽。
②趁：逐，追赶。

赏析

这四句诗演绎的是一场精妙的骗局。

诗的第一句写的是鼓上蚤时迁名不虚传，凭着一身绝妙的轻功，轻松盗取了徐宁四代祖传之宝，让徐宁又惊又苦，如火上蚂蚁般乱了方寸，此为前计。

第二句是后计，"谩"是此计的核心。三个人物登场，神行太保戴宗先行取出宝甲归山，时迁则带着盛甲的空匣子一路招摇诱引。最关键的人物是金钱豹子汤隆，他是徐宁的至亲表弟，对徐宁知根知底，若不是他指点藏宝之处，时迁盗宝哪能如此容易得手？此时，汤隆拜访徐宁，以二十两黄金拉近了亲人的距离；继而在徐宁告知苦闷缘由时正巧成为了知情人，并哄劝徐宁追赶；更巧的是，在一路寻访中途经的酒店、饭店、客店，徐宁都能得众口一词地回答"确有此人"。如此多的巧合，若在平时，徐宁或可勘破，但丢失了祖传宝物的他只能像一条大鱼，被"空匣子"这个鱼饵钩着，一步步身陷牢笼，直到被铁叫子乐和用药麻翻在地拖上梁山，才恍然大悟，真是"相趁相随到水头"！

　　汤隆赚徐宁上山，黑三郎宋江语："此计大妙！"

第五十七回

破呼延灼

人生切莫恃^①英雄，术业精粗自不同。

猛虎尚然逢恶兽，毒蛇犹自怕蜈蚣。

七擒孟获奇诸葛^②，两困云长羡吕蒙^③。

珍重宋江真智士，呼延顷刻入囊中^④。

注 释

①恃：依赖，仗着。

②"七擒"句：三国时诸葛亮出兵南方，将当地酋长孟获捉住七次，放了七次，使他真正服输，不再为敌。比喻运用策略，使对方心服。

③"两困"句：三国时吕蒙为吴将时袭取荆州，荆州蜀将关羽败走麦城，吕蒙又围麦城擒获关羽，故称"两困"。

④呼延：呼延灼，此称其姓。囊：口袋，此喻计谋。

赏 析

这首七律是第五十七回的回首诗，对概述本回内容有提纲挈领的作用。

首联中的术业指智略能力，每个人天赋加修养的造诣各不相同，这是人人熟知的事理。莫以英雄自恃的劝谕，落到这普遍事理上，使读者信服。颔联从人事宕开，取虎、蛇作喻，将读者眼力心思开拓得更为广远。虎之猛，蛇之毒，在不猛无毒的动物中可以称为"精"，但比起恶兽、蜈蚣，又不免是"粗"，不足以自恃。这联系于呼延灼的连环甲马，不可以自恃而傲视宋江。

颈联以历史事迹为喻，引入战争中将帅的精粗成败，其所指含义比先前更进了一步。孟获、关羽都可称为英雄人物。孟获被六擒六纵尚且不服，关羽傲视东吴年轻将领陆逊，是这历史借喻中"恃英雄"的内容。联内的诸葛亮与吕蒙所含的赞宋江之意，溢于言外。尾联的"珍重"，上联的"奇""美"，都不事夸张而求辞意恳切。从"顷入囊中"的事实赞宋江之智，显出这智字的应有分量，表现了作者的经营匠心。

这首七律咏宋江用计破呼延灼的连环马，以多种形象借喻，引人做更深的哲理性思考。

鹧鸪天·赞鲁智深

自从落发闹禅林①，万里曾将壮士寻②。臂负千斤扛鼎③力，天生一片杀人心。

欺佛祖，喝观音④，戒刀禅杖冷森森。不看经卷花和尚⑤，酒肉沙门⑥鲁智深。

注释

①落发：剃去头发，指出家做僧人。禅林：佛教寺院。此指五台山文殊寺。
②"万里"句：指鲁智深到野猪林救林冲后一直将其护送到沧州。
③扛鼎：举鼎，形容力大，鲁智深曾倒拔杨柳。
④观音：本意为佛教观世音菩萨的简称。文殊寺为供奉文殊菩萨的寺院，此借指文殊菩萨。

⑤花和尚：鲁智深因为身上刺有花绣（文身）而得的绰号。

⑥沙门：僧徒，印度语音译。

赏析

鲁智深是《水浒传》中塑造得比较成功的主要英雄人物之一，其性格化的事迹主要在第三回到第九回。鲁智深原名鲁达，宋渭州经略使种师中帐下提辖官，身长八尺、腰阔十围、面圆耳大、鼻直口方，腮边一副络腮胡须，为人性如烈火，好打抱不平，因三拳打死镇关西，为避祸出走，在五台山文殊院出家为僧，因背上刺有花绣，故此江湖上人送绰号"花和尚"。因两次酒后闹事不容于僧众，携智真长老书信往投汴京大相国寺。来到东京后被派往菜园，倒拔垂杨柳，镇服众泼皮，演武时遇林冲结为好友。林冲遭陷，鲁智深大闹野猪林救下林冲。后遇杨志，并与曹正等人夺得二龙山。三山聚义大战呼延灼后，同上梁山。

鲁智深上梁山后英勇善战，反对招安。梁山归顺朝廷平定辽国后，鲁智深重上五台山谒见智真长老问询前途，智真长老曰：逢夏而擒，遇腊而执，听潮而圆，见信而寂。后来，鲁智深果然擒得方腊大将夏侯成，并亲手抓获方腊。在回京途中，在杭州恰逢钱塘江潮信大至，鲁智深想起长老之言，问明"圆寂"之意，沐浴更衣，焚香打坐，圆寂而逝。留颂曰："平生不修善果，只爱杀人放火。忽地顿开金绳，这里扯断玉锁。咦！钱塘江上潮信来，今日方知我是我。"朝廷因其有擒获方腊大功，加赠鲁智深为义烈昭暨禅师。

这首词就他的主要性格加以咏赞，意在唤起读者对他的记忆。

词的上阕写他的"闹"，突出鲁智深心性直爽慷慨，受不得孤寂寡淡的寺院生活束缚。长途跋涉救友，不计个人安危，则是主动"寻"求，不须别人请托，尽心竭力而绝无怠情之心。然后写其力大勇壮。他的天生杀人心，是写其疾恶如仇，性烈如火。对欺压金家父女的恶霸镇关西，他说要打死，三拳就打死。救林冲时开口是"杀人须见血，救人须救彻"。在他身上的杀人，是赞，是褒，而不是贬其凶狠。

下阕写其壮勇无畏、以杀除恶的坚决，因而对慈善的佛祖和菩萨，是呵斥而不是拜伏恭信。他作为僧徒的标志是除恶的戒刀禅杖，"冷森森"的形容，物的形象中有人的性格。经卷是所有和尚都日日习诵的，他不看更说不上念诵。身刺花绣是当时习武者的风气，饮酒吃肉，也是江湖好汉的本色。名为和尚沙门，实为英雄豪杰。

以似含贬义的词来赞颂称扬，作者将轻视佛徒而崇拜英雄之心鲜明地表露了出来。

西江月·行者武松

直裰①冷披黑雾，戒箍②光射秋霜。额前剪发拂眉长，脑后护头齐项。

顶骨数珠③灿白，杂绒绦结微黄④。钢刀两口逬寒光，行者武松形象。

注释

①直裰（duō）：古代家居常服，斜领大袖，四周镶边的袍子，也指僧衣道袍。此指武松的僧衣。

②戒箍：佛教中行脚乞食，不剃发而剪发的头陀或行者僧，戴在头上束发的铁箍。

③顶骨数珠：武松扮作行者时，戴的是一个头陀遗下的一百零八颗人顶骨做的数珠。

④"杂绒"句：意为结扎着微黄的杂绒绦。

赏析

这首词是对武松行者打扮的描写。

上阕的直裰、戒箍和发式，不同于俗人，也不同于以都头身份杀西门庆、张都监等时的武松新面貌。"冷"字和"秋霜"的寒气森然，则使人想到他当年杀人不眨眼的逼人威势。"黑雾"不能一眼望透，"光耀"来自千锤百炼。特意梳理的发型也透着精心着意的修剪，才如此严整悦目。这令人想到武松的勇壮暴烈又深有心计以及精细过人的性格。

下阕中的数珠是人顶骨做成，灿白是现出本色而不着污垢，绒绦的微黄是不鲜艳又不少褪颜色。写戒刀之光是寒而迸出。这都是写其佛家的外表，又透出他的威势和心计细密。这样去写，由此便显出这既是绿林中的一位行者，却又不是花和尚鲁智深，而定然是"这一个"武松形象。

第五十八回

西江月·鞭舞两条龙尾

鞭舞两条龙尾，棍横一串狼牙。三军看得眼睛花，二将纵横交马。

使棍的闻名寰海①，使鞭的声播天涯。龙驹虎将乱交加②，这厮杀堪描堪画。

注 释

①寰海：海内，全国。
②交加：交错，错杂。

赏 析

词中直接描写这场厮杀的只有开篇两句，初读感觉只是交代了双方的兵器：呼延灼双鞭在手，秦明擎一根狼牙棒。再品这两句，就感觉"活"了起来，一个"舞"字呼呼生风，一个"横"字铿铿有声。金属交错之音不绝于耳，寒光冷色令人目眩。这两人分明旗鼓相当，一个祖上是开国功臣，可谓名门虎将，声名赫赫；一个家学渊源，有万夫不当之勇，闻名海内。这二员猛将纵横交错，一似出海蛟龙，一如下山猛虎，你来我往，难分高低，又怎能怪三军看得眼花缭乱？还是最后一句词总结得恰当："这厮杀堪描堪画。"

呼延灼被宋江破了连环马，孤身单骑而逃，不想路上被桃花山小喽啰偷走了御赐踢雪乌雏马，因而投奔旧识青州知府，借兵攻打桃花山，却不料使得三山聚义攻打青州，才有了与霹雳火秦明的这场精彩对决。

第六十回

晁盖之死

背后之言不可谌^①，得饶人处且饶人。

虽收芒砀无家客^②，殒却梁山主寨^③身。

诸将缟衣^④魂欲断，九原金镞^⑤恨难伸。

可怜盖世英雄骨，权厝^⑥荒城野水滨。

注释

① 谌（chén）：相信。

② "虽收"句：指收降樊瑞、项充、李衮。芒砀（dàng），芒山与砀山合称芒砀山，在河南、安徽间。无家客，樊、项等占山为王，时称落草，因此得名。

③ 主寨：主持山寨，指晁盖领导梁山。

④ 缟（gǎo）衣：白色丧服。指为晁盖举行葬礼。

⑤ 九原：山名，在山西新绛县北，为春秋晋国卿大夫墓地所在，借以指墓地。此指死去的晁盖。镞（zú）：箭头。

⑥ 厝（cuò）：停枢，把棺材停放待葬，或浅埋以待改葬。

赏析

这首诗咏收降芒砀山人马与曾头市晁盖中箭身亡。既有寓有讽劝之意，并对晁盖表示哀悼。

首联中隐含不可据一面之词，逞尽强梁之义。梁山出兵至芒砀

山，系由朱贵所报，而樊瑞
等未曾与梁山公开为敌。所
以借此劝谕读者不可偏听而
鲁莽行事，不可迫人太甚。
颔联就此回两件大事，揭示
梁山所得者小而所失者大。

颈联写梁山众将之悲
痛，晁盖自身仇恨不得申
报。尾联于哀悼中给晁盖以
"盖世英雄"的评价，在作者所处的封建社会，极为难得。朝廷视
梁山为"四大寇"之一。同情贼寇，颂贼寇为"英雄"，而且是高
过满朝及州府文臣武将的"盖世英雄"，行同大逆不道。以晁盖葬
于梁山是"权厝芒城野水滨"，隐含有他应在通都大邑，受隆重礼
敬追悼之意。

晁盖死后，聚义厅变成了忠义堂，水泊梁山开启了新的篇章。

曾头市

周回一遭①野水，四围三面高冈，堑②边河港似蛇
盘，濠③下柳林如雨密。凭高远望绿阴浓，不见人家；附
近潜窥青影乱，深藏寨栅。村中壮汉，出来的勇似金刚；
田野小儿，生下的便如鬼子。僧道能轮棍棒，妇人惯使
刀枪。果然是铁壁铜墙，端的尽人强马壮。交锋尽是哥
儿将，上阵皆为子父兵。

注释

①遭：周，圈。
②堑(qiàn)：防御用的壕沟，护城河。
③濠(háo)：同"壕"，与"堑"同义。

赏析

如果撇开最后两句，整首词的结构是典型的分总式，从"铁壁铜墙"和"人强马壮"两个角度尽情展现了此处的"险隘"。且看"铁壁铜墙"，单从地势而言，曾头市三面环山，一面背水，峻峭险恶，可以说是占尽天险；利用如此便利的自然条件，人们挖掘的防御用的堑境自然非同凡响，"似蛇盘""如雨密"两个比喻显示了这里的水网密布，充分彰显了人们的智慧。如此大动干戈取得的效果也是极好的，任你是凭高远眺还是俯身细看，都找不到半点形迹。语意层层递进，尽显曾头市森严的戒备。再观"兵强马壮"，在曾家父子的带领下，无论是壮汉、小儿，还是僧道、妇人，都称得上是全民皆兵，如此好战的庄园着实少见。

偏偏作者还觉得意犹未尽，词的末尾又缀上两句"交锋尽是哥儿将，上阵皆为子父兵"，明明白白告诉你人家在战场上的同气连枝、十分默契。也难怪这个貌不惊人的小庄园，让此前所向披靡的梁山大军吃尽苦头，威风尽失。

晁盖领着五千人马和二十个头领来到曾头市，众好汉立马观看，发现这曾头市果然是个险隘的去处。如何见得？此词为证。

第六十一回

满庭芳·吴用赚卢俊义

通天彻地①，能文会武，广交四海豪英。胸藏锦绣②，义气更高明。潇洒纶巾③野服，笑谈将白羽麾兵④。聚义处，人人瞻仰，四海久驰名。

韵度同诸葛，运筹帷幄⑤，殚⑥竭忠诚。有才能冠世，玉柱高擎⑦。遂使玉麟归伏，命风雷驱使天丁⑧。梁山泊军师吴用，天上智多星。

注释

①通天彻地：通晓天文地理。
②锦绣：锦，有花纹的丝织品，绣：刺绣工艺品。此喻美好的才学。
③纶 (guān) 巾：青丝带编的头巾。
④"笑谈"句：写吴用指挥作战的从容儒雅风度。白羽，白色羽扇。麾兵，指挥军队。
⑤运筹帷幄：在室内谋划战事。
⑥殚 (dān)：竭尽。
⑦玉柱高擎：像玉柱高立擎天。
⑧"遂使"二句：命令风雷驱动天兵，遂使玉麒麟归伏。

赏析

这首词咏吴用的才学气度，隐括了他从村学塾师而筹划促成梁山聚义，忠诚梁山事业，直到降服卢俊义的事迹，表现出对吴用的歌颂赞扬态度。

词的上阕写吴用聚义前的事迹。似属夸张，却不是虚誉。智取生辰纲，吴用能解晁盖北斗七星之梦，选定黄泥冈夺取。他教学又能使铜链，结交晁盖和阮氏三雄，使计谋得以实现。这都是文辞中的事实。写其气度时用苏轼词意而加一"野服"于其间，贴合当时吴用身份。"白羽麾兵"，既使人想到黄泥冈，也使人想到梁山泊火并王伦。吴用自从梁山坐定第二把交椅到此回，其受瞻仰与驰名，也事实俱在。

下阕中用诸葛亮作比，写他是善于决策，忠诚尽力，支持全局的军师，切合其身份。然后以风雷、天丁做比喻，归结到本回的使卢俊义归附，最后点出其职位姓名，符合其性格的绰号，有如水到渠成。全词的语言，在流畅中见清雅，与咏赞的人物，在气质风韵上很为契合。

算命口号

甘罗发早子牙迟①，彭祖颜回②寿不齐。
范丹贫穷石崇富③，八字④生来各有时。

注 释

① "甘罗"句：甘罗发达的早而姜子牙发达的晚。甘罗，战国时秦国甘茂之孙。十二岁出使赵国，说赵割五城与秦，以功封上卿。

②彭祖：传说中活到八百岁的长寿人物。事见《列仙传》《庄子·逍遥游》。颜回：孔子弟子，贤而短命，事见《论语》。

③范丹：一作范冉。东汉人，字史云，马融弟子，家极贫。有时绝粒。石崇：晋人，字季伦，曾任散骑常侍、荆州刺史等职，尝劫远使商客，因以致富，与王恺、羊诱等竞尚豪侈。

④八字：算命术士以人出生的年、月、日、时配以干支，合为八字，加以附会，推算人的命运。

赏析

吴用假扮卖卦先生，为赚卢俊义算命，念了这首口号诗。这是作者依据吴、卢二人性格，着意写成之作。口号里用六位广为传诵的历史奇人，做出三种对比。吴用深知卢俊义以奇男子自视，敬仰那些历史奇伟人物。口号中三种对比中的高官位、长寿命、家业豪富，是古代奇男子常有的追求。卢俊义有才学名声，可以取高位而未得，正当壮年而身心俱健，有家资可以求得更富。向往甘罗、彭祖、石崇，而绝不愿落到子牙、颜回、范丹的地步，这正是卢俊义此人其时的心态。

这三种对比中，人物的才力相近，而实现其追求上存在巨大反差，三种境界的对比，显示了其中有共同的哲理可寻。卢俊义的禀赋资质，决定了他求知欲的迫切。如此的事象哲理，又归结于从"八字"中可以得到解答，无须广读经籍，苦作思考。这途径自然具有巨大的吸引力，这最终决定了他主动上钩。

满庭芳·玉麒麟

目炯①双瞳，眉分八字，身躯九尺如银。威风凛凛，仪表似天神。义胆忠肝贯日，吐虹蜺志气凌云②。驰声誉，北京城内，元③是富豪门。

杀场临敌处，冲开万马，扫退千军。殚赤心报国，建立功勋。慷慨④名扬宇宙，论英雄播满乾坤⑤。卢员外双名俊义，河北玉麒麟⑥。

注释

①炯 (jiǒng)：明亮。

②"义胆"二句：忠义的心志使他吐出虹蜺 (ní)，贯日凌云。贯日，遮蔽住日光。虹蜺，古人以为虹有雄雌，鲜艳为雄，名为虹；暗淡者为雌，名蜺。

③元：原来、原本。

④慷慨：意气风发激昂。

⑤乾坤：天地，此指天地之间。

⑥玉麒麟：卢俊义绰号。麒麟：传说中的仁兽，又与凤、龟、龙合称四灵，具有神异色彩。玉麒麟更见珍异。

赏析

本回写吴用赚卢俊义，用《满庭芳》词赞吴用，此则以同一词牌赞卢俊义，用以造成二人旗鼓相当的气势。

词的上阕只能就卢俊义的仪表气概出身着笔。眉目最能表现人的精神气质。卢俊义目光明亮，两眉浓黑分明，显出他的英气过人。次写其身躯，紧扣玉麒麟的绰号。再写其威风气概，用天神、贯日、凌云来表现其非常人的风采。古人视富豪为心智力量过人的人物。写其豪富也意在颂扬。

下阕写其临阵之勇，报国之忠，这出自吴用之眼，因而显得可信。结末写其慷慨英雄之名远播，在其绰号前加"河北"两字，即见其声名越出本身所居的州郡界外。河北之外的人，才会以"河北"玉麒麟称扬于他。联系于前回宋江、吴用的久闻其名，此词中的描写给人以名不虚传的印象。

卢俊义藏头反诗

芦花丛里一扁舟①，俊杰俄②从此地游。

义士若能知此理，反躬③逃难可无忧。

注 释

①扁舟：小船。
②俄：不久前。
③反躬：反思以要求自身。

赏 析

这首诗四句在内容和形式上各具我国诗歌的一格，又将两者结合为一体，所以选收以略作解说。

此诗由乔装算命先生的吴用唱出，它具有诗体预言的特点。古代的谶语，僧人说的偈语，用以占卜的签诗等同具这种特点。它形式上工整合韵，内容上恍惚迷离，显出仙机不可泄露的玄妙，而又可以随机任意发挥。此诗写隐居渔人之境，写俊杰游罢离去。它似含英哲之士暂时隐居避祸之理，却又只写景事，并无喻理痕迹。以义士捧高卢俊义，意在要他在无理中识出道理，引他上钩。既明言"逃难"，而"反躬"二字，却要卢俊义自己定夺，是欲擒故纵手法：不威吓强迫，而激其刚愎自用。算命者不负任何责任，却能收到赚骗之效。这就是这种预言诗的玄妙所在。

这首诗还属于我国杂体诗中的藏头诗。它在诗句本意之外，将每句的第一字连起来读，又形成一句含义明确的话。本诗的"芦俊义反"就是如此。它首句在繁体姓氏上加一草头。作一般诗读，其义全然不显。作藏头诗读，它的反诗面目昭然若揭。

沁园春·浪子燕青

唇若涂朱，睛如点漆，面似堆琼①。有出人英武，凌云志气，资禀②聪明。仪表天然磊落③，梁山上端的④驰名。伊州⑤古调，唱出绕梁⑥声。果然是艺苑⑦专精，风月丛中第一名。听鼓板喧云，笙声嘹亮，畅叙幽情。棍棒参差⑧，揎拳飞脚，四百军州⑨到处惊。人都羡英雄领袖，浪子燕青。

注释

①堆琼：美玉堆成。

②资禀：资质禀赋。

③磊落：错落分明，引申为指人洒脱不拘，直率开朗。

④端的：果然。

⑤伊州：曲调名，商调大曲。唐代即有此曲，故称古调。

⑥绕梁：指歌声高亢回旋，经久不息。

⑦艺苑：犹言艺林，各种艺术门类。

⑧参差（cēn cī）：不齐，此处引申为变化多端。

⑨四百军州：指宋代全国。军，宋代行政区划名，与州、府、监同隶属于路。四百为约指，军州兼指府、监。宋至道年间有军、州、府、监三百二十二。

赏析

　　燕青是梁山好汉中性格鲜明的人物。这首词突出了他的个性，又为他其后的主要事迹做铺垫式交代。

　　上阕先说他是位美男子，犹如司马迁写张良面貌姣好如妇人，令人感到笔法新奇。若、如、似三字力避重复，见出炼字的精心。写其先天气质是"资禀聪明"，与第五十七回写鲁智深"天生一片杀人心"对比，二人的性格区别昭然在目。草泽英雄中，他以洒脱不拘、直率开朗驰名，极见个性。上阕结末写他歌喉美妙动人，给梁山添了风雅之气。

　　下阕写燕青在风月丛中出类拔萃，联系于其后他陪宋江到汴京李师师家等情节。百回本《水浒传》中受招安是重大关目，所以此词也于此着墨颇多。写其拳脚是"英雄领袖"，也联系于其后攒高、打擂台。最后归结到"浪子燕青"的绰号，其潇洒英武风度跃然纸上。

　　燕青本是卢俊义的心腹，却远比卢聪明得多。卢遇迫害，燕青不离不弃忠心护主。他是唯一可以在武艺上压倒李逵的人，相扑天下无敌。拜访李师师打通招安环节，不受美色诱惑，是公关大师，子身达命，知道何时该抽身而退。燕青不仅相貌堂堂，而且文武双全、多才多艺。他对卢俊义的忠、对李逵的义都是值得赞叹和钦佩的。在小说中（尤其是中后部）他对情节的发展起了关键性的作用。尤其是他和李逵之间的友情，成为点睛之笔，他二人一刚一柔，一个冲动一个理性，互补性极强，堪称绝配。施耐庵笔下的燕青集中体现了传统文化的"中庸"思想。他为人谦和理性，不急不躁，和大多数水浒英雄形成鲜明的反差。故事中他的结局算是比较完美的，这也是他与其他人有所不同的地方。

野渡惊鸥

生涯临野渡①，茅屋隐晴川。

沽酒浑家②乐，看山满意眠。

棹③穿波底月，船压水中天。

惊起闲鸥鹭，冲开柳岸烟。

注释

①野渡：荒落之处或村野的渡口。

②浑家：此处指全家。《水浒传》中其他处指古人谦称自己妻子的一种说法，意思是不懂事，不知进退的人。

③棹：长的船桨。

赏析

卢俊义听信吴用占卜，执意游泰山避灾，却自投罗网，被梁山头领们团团围住，慌不择路之际，满目芦花烟水，忽见一渔翁摇一只小船出来，情景正如此诗。

单看前两联，颇有王维的山水田园诗歌的味道。这首诗叙述了渔翁简单而悠闲的生活：在村野的渡口捕鱼为生，家有茅舍一间，拿鱼换些薄酒自饮自乐，看着窗外的远山也能美美地睡上一觉。其中首联的"隐"字用得精妙，茅屋在平原之上好像隐藏起来了，足见其小。

与前两联的恬静相比，后两联要生动活泼一些。夜空倒映在水面上，小船在水面上漂荡，长长的船桨搅碎水中的月影，惊动了水边闲适的鸥鹭，骤然飞向岸边的烟柳深处。这似乎是渔翁生活的另一番情趣，但其中的"穿""压""惊""冲"四个动词隐隐有一种威势，再联想小说中卢俊义此时的处境，令人感受到宁静之下暗藏杀机。

第六十二回

晚秋闻笛

谁家玉笛弄①秋清，撩乱无端恼客情②。
自是断肠听不得，非干③吹出断肠声。

注释

①弄：奏乐，此指吹奏笛子。
②无端：没有起点，没有尽头。恼客情：使离家在外的人烦恼。
③非干：不关，无关。

赏析

　　卢俊义被刺配沙门岛。他满腹冤屈，又受到押解之人迫害虐待，暮秋闻笛，自然愁闷无端。这首绝句道出了他个人愁闷的缘由。
　　这首诗的第一句"谁家玉笛弄秋清"，是化用唐代李白的《春夜洛城闻赋》诗中的"谁家玉笛暗飞声"。不知道从谁家中飘出来的阵阵悠扬的玉笛声拨弄着这清秋的寂静。这样渲染出了凄凉、孤寂的气氛，为全诗奠定了悲凉凄惨的主旋律。"谁家"吹弄"玉笛"，是欣赏笛曲以寻乐。笛音清越，秋气凄清，可以消人烦躁。玉笛的乐音，应是合律流畅，其间乐句的起伏，曲调的转换，也该是节奏协调。该诗的第二句"撩乱无端恼客情"，是说在这清冷的秋天，听着这断续的笛声，足以令身在他乡的游子为之伤情，更何况像卢俊义这样的一个被发配至天涯海角的"罪犯"呢，他的心境就可想而知了。"撩乱无端"，其实是听笛者愁绪烦乱，使乐音发生了异变。吹笛可以悦客心，却成了"恼客情"。这也是"客"境的不得意，客"情"的苦恼所致。闻乐生悲的乐境中之悲，更见其可悲。卢俊义之悲，合乎审美规律。

诗的第三、四句"自是断肠听不得，非干吹出断肠声"。其实是因为人有伤心之事而肠断，并不是因为笛声吹奏出悲伤的曲调所致。这两句用曲笔，做一跌宕，使诗意更深入一层，写吟诗者由苦恼转入沉思，感知并非笛声引得断肠，其实是自己愁肠已断，无关于笛声。感到自己的苦境可以解脱，就尚存希望，这还不是最苦。苦境无可解脱，愁闷无法排除，这是绝望，是更深痛的悲苦，因而也更能动人。

《水浒传》写卢俊义文武双全。这首诗在他的口中吟出，使他的文心情思得以展露，人物形象更见得丰满亲切。

第六十三回

石秀劫法场

北京留守①多雄伟，四面高城崛然②起。

西风飒飒骏马鸣，此日冤囚③当受死。

俊义之冤谁雪洗？时刻便为刀下鬼。

纷纷戈剑乱如麻，后拥前遮集如蚁。

英雄忿怒举青锋，翻身直下如飞龙④。

步兵骑士悉奔走，凛凛杀气生寒风。

六街三市尽回首，尸横骸⑤卧如猪狗。

可怜力寡难抵当！将身就缚如摧朽⑥。

他时奋出囹圄⑦中，胆气英英⑧大如斗。

注释

①留守：本为官职名，古代帝王出京巡视，在京都置留守总理政事。其后陪都和帝王行幸之处，也任命留守。其时梁中书任大名府留守司。此处指代大名府。

②崛然：高起突出状。

③冤囚：指卢俊义。

④"英雄"二句：写石秀手持钢刀，从临近法场的酒楼上跳下。

⑤骸 (hái)：形体的总称，此称死者。

⑥摧朽：摧枯拉朽的省略用法。此指石秀、卢俊义寡不敌众，被官兵捉获。

⑦囹圄 (líng yǔ)：牢狱。

⑧英英：俊美的样子。

赏析

　　这首古风写石秀孤身一人，于城高池深的大名府劫法场，情势急迫下，他以拼命三郎性格，做成则俱生，败则同死的冒险行动。结果是二人都在强兵快马中被擒。这首古风写石秀英风凛凛，豪气逼人，令人心胸为之一阔。

　　古风开篇押仄声"止"韵，读来有激切不平之气。卢俊义含冤受刑，刻不容缓，兵勇戈剑，纷纷围绕。这样就写出了形势的危难急迫。而"集如蚁"三字，则透出蔑视的心情口气。此为古风第一层次，文字很有气势。

　　转笔写石秀的气概、兵刃和身姿，极见壮勇。以龙扫蚁，军马披靡，威风杀气充盈街市，更显不凡。古风转为平声"钟"韵、"东"韵，激越昂扬，歌颂之情明显。

　　此后写众人转目相看，阻挡者的死如猪狗与劫人者的龙飞难当，恰成对称。写英雄被缚，似乎令人心气沮落，然而转写未来的入圄圉终将奋出，依然英气逼人。再换仄韵，文气更见凌厉。石秀的英雄形象于篇终后，犹然如在读者目前。

　　石秀家原是金陵建康府(现南京市)的一个屠户，后来随叔叔到北地倒卖马匹，不巧叔父中途病死而生意亏本，于是石秀就流落到蓟州(今天津蓟州区，实际上作为燕云十六州之一的蓟州当时应控制在辽国手中，这里仍按水浒的说法为准)，靠打些零工、卖柴为生。

　　石秀的出身在梁山众人中可以说是比较低微的，算是当时最底层的劳动人民。长期底层生活的艰辛，石秀被磨炼得非常成熟老练。虽然年仅28岁，也没有受过多少教育，但石秀为人处世之老到、情商之高已经远远超越了他的年龄。这在后面同他的结义大哥、身为州监狱长兼行刑队长的杨雄相比，就特别明显。

　　石秀为人精明强干又身怀一身武艺，《水浒传》说他武功不低于孙立，而孙立是可以同呼延灼斗30多个回合不败的。这样的人在乱世之中，定然是个绿林好汉，而在北宋末年这个貌似太平盛世的腐败社会中，却只能在底层挣扎。当然这样的人物注定不会永远是池中之鱼，总有机会让他一飞冲天的，事实也是如此。机缘巧合，石秀在蓟州街头因打抱不平与杨雄结拜为兄弟。三打祝家庄，石秀故意让孙立捉住，混入庄内做了内应。卢俊义被困大名府即将杀头，石秀一人跳楼劫法场，救了卢俊义的性命。因为不认识城中的道路，为梁中书所拿，与卢俊义一同被打入死牢。梁山人马攻打大名府后救出石秀、卢俊义。

石秀做了梁山第八名步军头领，与杨雄驻守西山一带，在梁山好汉的座次中排在第三十三位。后在征讨方腊时战死。

念奴娇·女将

玉雪肌肤，芙蓉①模样，有天然标格②。金铠辉煌鳞甲动，银渗红罗抹额③。玉手纤纤④，双持宝刃，恁英雄煊赫⑤。眼溜秋波，万种妖娆⑥堪摘。谩⑦驰宝马当前，霜刃如风，要把官兵斩馘⑧。粉面尘飞，征袍汗湿，杀气腾胸腋。战士消魂⑨，敌人丧胆，女将中间奇特。得胜归来，隐隐笑生双颊。

注释

①芙蓉：莲花，荷花。
②标格：风度，风范。
③银渗：当是对织物带银丝或银星的叫法。抹额：束额巾。古时猛士多用之，此写扈三娘做武将装束。
④纤纤：柔美的样子。
⑤恁(nèn)：这样，如此。煊(xuān)赫：声威盛大。
⑥妖娆：娇艳妩媚。
⑦谩：通"漫"，随意，自如。
⑧斩馘(guó)：斩首截耳，馘，截耳。古代战争中割取敌人左耳以计功，叫馘。
⑨消魂：魂渐渐离散，形容极度快乐或愁苦。此指战士高兴。

赏析

扈三娘出马与大名府将官李成交战，此词赞其装束标致。

　　扈三娘，既美丽，又英武，诗中显示出她的"奇特"。开头三句，写天然莹洁的雪玉，天然艳丽的芙蓉，合成其天然秀美的风韵。次写铠甲，不写其坚，却写其光彩，不写其重，却写其闪动。写持刀的声威而写及玉手。写阵前的眼波妖娆。上阕是写其威武中见俊美的战场肖像。

　　下阕写其交战情况。宝马、霜刃，都在威武中带有美的韵味。虚写交战前的威势，不实写刀剑交加、尸横血染，图景中不沾有血污气味。转写交战后的粉面、汗湿、杀气，英武仍不损其美。战士爱其美，敌人惧其威，从正反两面做映衬，突出其英武超出凡俗的奇特之处。最后写其得胜后的神态，不疲惫不堪，不骄横狂傲，而笑意只隐隐现于脸上，妩媚娴静，仍是女儿本色。

　　说到扈三娘的绰号"一丈青"，乃是一种大蛇。北京香山地区就有这种蛇，长一丈余，色黑，常隐于草丛中，见人不跑迎头而来，非常吓人，当地百姓恶其名曰一丈青。青者，乃黑色也。扈三娘被称"一丈青"，说明她的武艺十分高强，对于对手而言是危险的毒蛇一般。

第六十四回

赞关胜

古来豪杰称三国，西蜀东吴魏之北[①]。

卧龙才智谁能如？吕蒙英锐真奇特。

中间虎将无人比，勇力超群独关羽。

蔡阳斩首付一笑，芳声千古传青史[②]。

岂知世乱英雄亡，后代贤良有孙子[③]。

梁山兵困北京危，万姓荒荒如乱蚁。

梁公请救赴京师，玉殿丝纶传睿旨[④]。

前军后合[⑤]狼虎威，左文右武生光辉。

中军主将是关胜，昂昂志气烟云飞。

黄金铠甲寒光迸，水银盔展兜鍪重[⑥]。

面如重枣[⑦]美须髯，锦征袍上蟠双凤。

衬衫淡染鹅儿黄，雀靴雕弓金镞莹[⑧]。

紫骝骏马猛如龙，玉勒锦鞍双兽并[⑨]。

宝刀灿灿霜雪光，冠世英雄不可当。

除此威风真莫比，重生义勇武安王[⑩]。

注 释

①魏之北：指三国时期的曹魏，由于曹魏在三国之中占据长江以北的广大中原地区，故得此称。

②青史：古代以竹简记史，所以称史籍为青史。

③有孙子：即有子孙。

④丝纶：对帝王诏旨的美称。睿 (ruì) 旨：英明的圣旨。

⑤后合：与前军、中军相对的后军，称为后合，亦称合后。

⑥水银：指银白色。兜鍪 (móu)：武士头盔。

⑦重 (zhòng) 枣：猪红色。

⑧雀靴雕弓：疑当作鹊画雕弓。第三十五回花荣射雁，用泥金鹊画细弓。金镞莹：箭雪亮。

⑨双兽并：马鞍两边的兽面图案相并。

⑩武安王：宋徽宗大观二年，追封蜀汉关羽为武安王。

赏 析

本回回首冠以此诗，引出了关胜的正式出场。

这首诗是盛赞关胜的。因为关胜是三国名将关羽的后裔，因而诗歌以三国人物开篇。首句叙述"三国鼎立"之形势，以雄浑的社会背景为人物进行铺垫。紧接着写了诸葛亮、吕蒙这些三国名人，他们不是主角，仅仅是为了衬托关羽的勇力超群。作者煞费苦心地对关胜的家世背景进行渲染，就是为了突出他是名门之后，家世煊赫。

从"梁山兵围北京危"到"左文右武生光辉"写的是梁山大军围困北京大名府，在这样的情况下，关胜受命迎敌。英雄出场还是被前后左右簇拥着，没有直接的描写。从"中军主将是关胜"到最后一句才是关胜的直接描写，可谓是"千呼万唤始出来"。这部分写了关胜的戎装披挂，威武华美；写了他的座下骏马，威猛如龙；写了他的兵器发出灿灿寒光。更甚至，作者将关胜比作武安王关羽重生，足见对关胜的敬仰之情，同时回扣开头对关羽的描写，使得诗歌的结构更加完整。

西江月·汉国功臣苗裔

汉国功臣苗裔①，三分良将玄孙。绣旗飘挂动天兵，金甲绿袍相称。

赤兔马②腾腾紫雾，青龙刀凛凛寒冰。蒲东郡内产英雄，义勇大刀关胜。

注 释

①苗裔：后代子孙。
②赤兔马：本名"赤菟"，即红色的像老虎一样的烈马，据说为汗血宝马。赤兔马一直是好马的代表。

赏 析

这是第一次写关胜出战的场景。张横偷袭不成反被捉，阮小七救人失败身陷囚车。宣赞在门旗下对战，不敌花荣。关胜全副武装，绰刀上马，出来迎战。

上片首句点出了关胜乃关羽之后。第二、三句没有再像回首诗那样进行静态的描摹，而是写了关胜出战时绣旗飘动，战马腾腾，兵器晃动时凛凛寒光这些动态的景象。与静态的描写相比，我们更能感受到战场上猎猎战旗带来的威武气势。战马嘶鸣，兴奋地在原地来回踏步，地面上因为马蹄用力踩踏而扬起了尘土，双方对战在即；青龙偃月刀在敌军阵前晃动，杀气十足。

这才是真正的英雄，难怪宋江和吴用看了会暗暗赞叹"将军英雄，名不虚传"。

后面的故事中，宋江阻止林冲和秦明，希望不要误伤了关胜；后来擒得关胜后又以礼相待，最终使得关胜归顺梁山，这与关胜乃是忠良之后、有大将之才是分不开的。

第六十五回

回首诗

岂知一夜乾坤老，卷地风严①雪正狂。

隐隐林边排剑戟，森森竹里摆刀枪。

六花为阵成机堑②，万里铺银作战场。

却似玉龙初斗罢，满天鳞甲乱飞扬。

注 释

①严：紧。

②机堑：陷阱。

赏 析

  这首诗主要描写雪景，首联写到雪借着风势下了一夜，天地被白雪覆盖，好像一夜白了头。一"老"字，不是写天地老态龙钟，而是仅取白发的"白"之意。

  颔联、颈联承接上文吴用利用天降大雪之机，挖了陷阱，捉住了索超的故事情节。其中"万里铺银作战场"一句极为出彩。"万里"写雪下得广阔；"铺"字充满动感，一是描绘了雪迅速在地面铺开，表现雪势之强；二是能"铺"的东西一般都会有厚

度，表现的是雪之大。万里铺雪，整个雪景的画面大开大合，甚是壮观！

尾联是对雪景的细节描写。风夹着雪花飞舞，密集之时，雪形成的雪带好似玉龙乘着风势飞舞，雪带多的时候又似玉龙相斗。没有风夹着雪的时候，雪花漫天洒落，片片清晰，好像玉龙的鳞片。这场雪写得远近有致。

正是这种极端天气，才使得梁山大军的进攻受阻，这才有了后文晁盖托梦宋江，让大军撤离保留实力的故事，推动了故事情节的发展。

西江月·嘹唳冻云孤雁

嘹唳①冻云②孤雁，盘旋枯木寒鸦。空中雪下似梨花，片片飘琼乱洒。

玉压桥边酒旆，银铺渡口鱼艖③。前村隐隐两三家，江上晚来堪画。

注释

①嘹唳 (liáo lì)：形容声音响亮凄清。
②冻云：严冬的阴云。
③艖 (chā)：小船、渔船。

赏析

宋江患背疮，性命堪忧。张顺要去建康府寻安道全为宋江治病，他一路顶风冒雪，艰难地到了扬子江边。这首《西江月》就是写张顺在江边所见雪景。

上阕写动态之景。一只孤雁在寒冬的阴云下凄凉地哀号，寒鸦在枯木上空来回盘旋，这一句营造出了凄冷无助的氛围。天寒地冻，张顺只身前行，恰似这无助孤雁。宋江危在旦夕，张顺心中着急，所以像景物里寒鸦一样不知前途如何，焦急地徘徊。空中雪花似梨花，不是唯美之景，而是渲染天降大雪。乱琼碎玉，本是可赏之景，但是张顺此时恐怕无心赏景了。

下阕写静态的雪景。玉压酒帘，银铺鱼艇，村中也被雪覆盖着，只是隐隐可见两三家。这都说明雪已经下了一段时间，把可见的景物都覆盖住了。天地一片苍茫，恰似画境一般，这是多么有意境的山水画卷。可是想想张顺的任务就能发现，对张顺而言这并不是美景，而是麻烦。万径人踪灭，他又于何处寻得渡江的船只呢？

神医安道全

肘后良方①有百篇，金针②玉刃得师传。
重生扁鹊③应难比，万里传名安道全。

注 释

①肘后：意指随身携带的。良方：指医书或药方。
②金针：泛指用金属制成的医用针具。
③扁鹊：姓秦，名越人。齐国渤海卢（今济南市长清区）人。战国时期医学家。因他医术高超，被认为是神医，所以当时的人们借用了上古神话中神医扁鹊的名号来称呼他。古人习惯把那些医术高明的医生称为扁鹊。

赏 析

安道全是梁山上唯一的医生。虽然吴用也能看医书给宋江治病，但毕竟不是专业人士。张顺推荐的安道全才是悬壶济世的医者。这是安道全的出场诗。

"肘后良方"指安道全的职业，"得师传"说明他的医术乃家传。

后文中也有交代，说安道全"祖传内科外科尽得医得"。

为了说明安道全的医术，作者将他与扁鹊进行对比，而且认为即使扁鹊再生也难比得过他。小小的夸张，是为了凸显安道全医术的高超。为了增强可信度，作者又借用"万里传名"作为现实的评价。

之前安道全治愈了张顺的母亲，后文里用十日的时间使宋江复原，并且晁盖在给宋江托梦时也说，宋江有百日血光之灾，须江南地灵星可救，地灵星便是安道全。这些情节的设置，前后呼应，都反映出安道全的高超医术和他在梁山上不可或缺的地位。

第六十六回

智取大名府

野战攻城事不通，神谋鬼计运奇功。
星桥铁锁悠悠展①，火树银花②处处同。
大府忽为金璧碎，高楼翻作祝融红。
龙群虎队真难制，可愧中书智力穷。

注 释

①"星桥"句：指游人很多。
②火树银花：这是写灯光。

赏 析

宋江率军攻打北京城，久攻不下。他背疮还未痊愈，又想出兵，以救回卢俊义和石秀。吴用替宋江带兵，定下了里应外合之计。本诗的首联承接上回内容，开启本回新的故事。

梁中书虽然惧怕梁山军队，但是当年的元宵节还是挂起各色花灯，以示镇定。颔联写的便是北京城内元宵佳节的灯火盛况。桥上、树上到处挂满了花灯，游人如织，盛况空前。

颈联、尾联写被吴用安排进北京城做内应的各路人马依计行事，时迁火烧翠云楼，梁中书安排的一应人等都没有用处，大名府顷刻间便被攻陷。

作为回首诗，本诗交代了本回的故事梗概，诗歌中对元宵花灯和梁山军队的描写十分形象。虽然是略写，但是依然选择了远景的星桥、火树银花，勾勒出大名府元宵灯节的轮廓。本诗更是把梁山好汉们比成龙虎，写出了他们的英勇与无畏。

北京上元佳节诗

北京三五①风光好，膏雨②初晴春意早。

银花火树不夜城，陆地拥出蓬莱岛③。

烛龙衔照④夜光寒，人民歌舞欣时安⑤。

五凤羽扶双贝阙⑥，六鳌背驾三神山⑦。

红妆女立朱帘下，白面郎骑紫骝马。

笙箫嘹亮入青云，月光清射鸳鸯瓦⑧。

翠云楼高侵碧天，嬉游来往多婵娟。

灯球灿烂若锦绣，王孙公子真神仙。

游人軥辖⑨尚未绝，高楼顷刻生云烟⑩。

注 释

①三五：三五相乘为十五，此指正月十五元宵节。

②膏雨：滋润作物的及时雨。

③蓬莱岛：传说中海上三仙山中的蓬莱。

④烛龙衔照：指口内衔灯的龙形彩灯。烛龙，《山海经》中神名，人面蛇身，眼放光明照亮九阴。

⑤欣时安：欣喜时世太平。

⑥"五凤"句：此指彩灯形状。五凤，传说中的五种鸟名，有凤、鸾、鹄等，其说不一。贝阙，以贝壳装饰的宫门前两侧的楼观。

⑦"六鳌"句：被称作鳌山的巨大彩灯形状。六鳌，传说中东海三神山蓬莱、方丈、瀛洲坐于六只巨鳌背上。鳌，传说中海内大龟。

⑧鸳鸯瓦：成对的瓦。一说旧式屋瓦一俯一仰，因此称鸳鸯瓦。

⑨軥辖 (jiāo gé)：纵横交杂。

⑩"高楼"句：指随后时迁在翠云楼放火，为攻城信号事。

赏析

　　这首诗写了北京大名府正月十五元宵灯会的盛况，开篇交代地点、时节，膏雨滋润大地，天朗气清，到处都是充满生机的祥和之气。

　　从"银花火树不夜城"往下六句，都是对元宵花灯的描写。北京城内家家户户悬挂花灯，街头巷尾布满花灯，"不夜城"既是灯如昼，也是人不眠。人在各形各色的花灯中，宛若行走在天上人间。这一句整体写灯会的辉煌，反映出城市的繁华。"烛龙""五凤""六鳌"是比较大型的花灯的形状，只选取祥瑞动物花灯进行描写，也有别于宋江在清风寨看灯时对花灯的描写方式。

　　"红妆女立朱帘下"以下四句写了花灯中游玩的游人，妙龄少女，翩翩少年，红妆白面，美不胜收。更有音乐飘扬而起，元宵节多了几分风雅之气。自"翠云楼高侵碧天"开始的四句特意点出吴用计策中的重要建筑，此时的翠云楼宾客云集，美女如云，正是宴集欢娱之时。最后一句情节陡转，时迁火烧翠云楼，引出了后面的故事。

第六十七回

取义舍生

申晗庄公臂断截①，灵辄②车轮亦能折。

专诸鱼肠③数寸锋，姬光④座上流将血。

路旁手发千钧锤，秦王副车烟尘飞⑤。

春秋壮士何可比？泰山一死如毛羽。

豫让酬恩荆轲烈⑥，分尸碎骨如何说。

吴国要离刺庆忌，赤心赴刃亦何丑⑦。

得人小恩施大义，剜心刎颈那回首。

丈夫取义能舍生，岂学儿曹⑧夸大口。

注 释

①"申晗"句：本句指申晗守节死义，为吊唁庄公断臂。
②灵辄：春秋时期晋国侠士，因报答晋国正卿赵盾的救命之恩而闻名。
③专诸：中国古代"四大刺客"之一。鱼肠，十大名剑之一，专诸置匕首于鱼腹中，以
　刺杀吴王僚，故称鱼肠剑，是勇绝之剑。
④姬光：春秋时吴国国君。
⑤"路旁"句：张良曾使力士在秦王嬴政（始皇）出巡时刺杀他，在博浪沙途中，力士
　以大铁锤行刺，误中秦王政随从的副车。
⑥豫让：晋人，为报答智伯的知遇，行刺赵襄子而死。荆轲：因受燕太子丹知遇，行刺
　秦王嬴政而死。

⑦"要离"句：要离，吴人。公子光刺杀王僚后，又谋刺杀王僚之子庆忌。要离献计，令公子光断其右手，杀其妻子，然后诈以负罪投庆忌，谋杀庆忌后自杀。

⑧儿曹：孩子们，此亦指言过其实的人们。

赏析

这首诗的内容与本回故事关系不大，作者是想借诗中记载的侠士，来喻指本回中的诸位英雄。

申吟曾经为主断臂；灵辄为了报答赵盾的救命之恩，损坏追赶赵盾车马的车轮；专诸在鱼腹中暗藏短剑，为公子光刺杀了吴王僚；张良派遣力士在秦始皇出行时用大铁锤行刺，误中秦王副车；豫让为报答智氏刺杀赵襄子；荆轲受燕太子知遇之恩，为他刺杀秦王嬴政而死；要离刺杀庆忌。这些都是古代有名的义士，他们都是为了实现大义而置自己的安危于不顾。

作者显然不是为了单纯地赞扬这些侠士。联系这一回中上梁山的四位好汉，甚至是梁山上所有的好汉，他们并不是为了活命或者只追求大碗喝酒、大口吃肉的生活，他们也是因为世道不公，朝廷黑暗，为了替天行道才聚义在梁山泊。作者将这种行为盛赞为"取义能舍生"，市井之人夸口的取义是不能与之相比的。

第六十八回

夜打曾头市

恢恢①天纲实无端②，消息盈虚未易观。
不向公家遵礼度，却从平地筑峰峦。
宋江水浒心初遂，晁盖泉台死亦安。
天道好还非谬语③，身亡家破不胜叹。

注 释

①恢恢：宽阔广大。
②无端：没有尽头。
③谬语：妄言。

赏 析

　　这首诗交代了本回的主要故事情节。梁山的马匹第二次为曾头市所抢，晁天王在第一次去曾头市时被史文恭所害，因此替晁天王报仇是宋江从不曾忘怀的事情。"恢恢天网实无端"指的便是这个事件，这次正好给梁山好汉一个机会报仇雪恨。颔联写曾头市，曾家本是大金国人，在此地依托有利的地势纠集了一伙人，与梁山势不两立。"平地筑峰峦"便是描写曾头市的地势特点，寨前地势狭窄，易守难攻。颈联点出的是晁天王临死前曾有遗言，能捉住史文恭者为梁山之主。卢俊义活捉史文恭，宋江为晁盖报仇的夙愿终于达成，可告慰晁盖的在天之灵。尾联是对曾头市一伙人的感叹。古语曾道：不是不报，时候未到。当年曾头市是何等的威风，但是他们取不义之财，伤梁山寨主，做的是不义之事。多行不义必自毙，获得因果报应也是早晚的事情了。

五军进发

梁山泊五军先锋，马军遇水叠桥①；水浒寨六丁神将，步卒逢山开路②。七星旗带，飘飘散天上乌云；八卦阵图，隐隐动山前虎豹。鞍上将齐披铁铠，坐下马都带铜铃。九洞妖魔离海内，十方神将降人间。

注 释

①遇水叠桥：遇到水阻拦，就架桥通过。
②逢山开路：形容不畏艰险，在前开道。

赏 析

曾头市有五个寨栅，吴用便兵分五路分别攻打。这首词写的是五路兵马进发之景。

首先写先锋部队的勇猛，遇水架桥，逢山开路，没有什么困难能够阻挡他们前进。接着写队伍出行的旗帜仪仗，七星旗、八卦阵图，这是古代行军打仗时常见的旗帜，有神明庇佑之意，也有队伍训练有素之意。旗帜飘飘，震动天地，气势恢宏。

对行军队伍整体描述完后，接下来便是具体描写统军的将领，他们不仅自己披坚执锐，连骑的战马也佩带着咚咚作响的铜铃。人精神，马威武，这样的兵马仿佛是十方神将率领着天兵降临人间。

这首词的描写使读者发现，虽然梁山上聚义的英雄职业不同，性格迥异，但是军队训练有素，军容齐整。这也说明水泊梁山不是一般的草寇贼窝，梁山的军队也不是散兵游勇，在后面的故事里，这支军队经历大战而不败也是顺理成章的事。

第六十九回

英雄际会

神龙失势滞①飞升，得遇风雷便不情。
豪杰相逢鱼得水，英雄际会②弟投兄。
千金伪买花娘③俏，一让能成俊义名。
水战火攻人罕敌，绿林头领宋公明。

注 释

①滞：不流通，不灵活。
②际会：聚首，聚会。
③花娘：旧时指歌女，娼妓。

赏 析

这首七律首联"神龙失势"接上一回故事。卢俊义活捉史文恭为晁天王报仇，宋江依天王遗言，要立卢员外为山寨之主，但是众人不从。

颔联写宋江与卢俊义各领一队人马，攻打东平府与东昌府，得胜者为王。宋江在东平府收了董平，水浒寨中又添头领，可谓是豪杰相逢，英雄际会。

在攻打东平府时，史进本来计划进城潜伏，里应外合。怎奈他给李瑞兰一包金银后，还是被娼家告发，身陷囹圄。"千金伪买花娘俏"便指此事。

尾联中宋江收了董平，由董平带领攻下东平府，此处并无"水战火攻"，诗歌如此写还是为了颂扬宋江的军事才能。宋江这边大战告捷，卢俊义那里节节败退，似乎是在成就宋江的地位。卢俊义上山后几番辞让首领之位，也是位重侠义、识大体的义士。卢俊义谦让，再加上他今番战败，更是突出了尾联中所写的宋江的才干。

第七十回

罡煞聚义万古传

龙虎山中降敕①宣，锁魔殿上散霄烟。
致令煞曜②离金阙③，故使罡星下九天。
战马频嘶杨柳岸，征旗布满藕花船。
只因肝胆存忠义，留得清名万古传。

注 释

①敕：帝王的诏书、命令。
②煞曜：地煞星。
③金阙：道家谓天上有黄金阙，为仙人或天帝所居。

赏 析

　　本部小说第一回中，将梁山诸将附会为天上的三十六天罡、七十二地煞的星宿下临凡世。在这首诗里，它使梁山众将无论出身官府，还是出身草泽，都表现为根基不同凡俗，带有一份神奇色彩。前两联"霄烟""星""曜""金阙""九天"的词句选用结构，就造成了这种效果。这对旧时代读者来说，能唤起对梁山的景仰心理。

　　颈联两句，写梁山武备而带有诗情雅趣，"战马""征旗"与"杨柳岸""藕花船"，

组成"水浒"富有诗意的景观。这与占山落草的强人霸占的山林泾渭分明。写景实则写人，只有这等人物，人们才会相信其心存"忠义"。"清名"两字与这种清雅画境的内在联系是紧密不可分的。这两句似乎纯是景语，其实是全诗的诗眼。前两联天上星宿的正面寓意，以此联中的人间美好风光得到展示。尾联中英雄人物的道德榜样意义，梁山事业流传青史的历史价值，也蕴含在这一清明的景象之中，显得这赞誉不是虚美之词。至此，梁山一百零八将终于凑成。

七 古

祖代英雄播英武，义胆忠肝咸①若古。

披坚自可为干城②，佐郡应须是公辅③。

东昌④骁将⑤名张清，豪气凌霄真可数。

阵云冉冉飘征旗，劲气英英若痴虎。

龙鳞铁甲披凤毛，宫锦花袍明绣补。

坐骑一匹大宛驹⑥，袖中暗器真难睹。

非鞭非简亦非枪，阵上陨石如星舞。

飞来猛将不能逃，中处应令倒旗鼓。

感人义气成大恩，此日归心甘受虏。

天降罡星大泊中，烨烨⑦英声传水浒。

注释

①咸：都。
②干城：指盾牌和城墙，又比喻捍卫者。
③公辅：古代三公四辅，均为天子之佐。借指宰相一类的大臣。
④东昌：位于今山东聊城。
⑤骁(xiāo)将：勇猛善战的将军。
⑥大宛驹：汗血宝马。
⑦烨烨：显赫。

赏析

这首诗赞扬了张清。张清本是虎骑出身，一身正气，他承袭了英武、忠义之气。"干城、公辅"言其镇守东昌府的才干。

"东昌骁将名张清"往下八句描绘了将军出战的威猛。前两句总写他的"豪气"。接下来以冉冉阵云为背景，衬托阵前将军的英气。再接下来两句，镜头拉近，细致描写将军披挂：铁甲护片如龙鳞，写铠甲的坚硬；宫锦花袍，写战袍的华美。古代小说中但凡有大将出场，必定有"龙虎"字眼与之相配，座下汗血宝马自然也是良将的标配。

因张清以飞石为暗器，作者特意用四句诗写了此暗器。先写其形——非鞭非简亦非枪，无常形；再写其势——陨石如星舞，防不胜防；最后写其攻击效果——猛将不能逃，中处旗鼓倒，十六位首领无一幸免。若不是吴用用计擒住，张清在梁山很难遇敌手。

诗歌最后四句写张清感念宋江大恩，归降山寨，要在接下来的故事中为山寨建立功业了。

安骥皇甫端

传家艺术无人敌，安骥①年来有神力。

回生起死妙难言，拯惫扶危更多益。

鄂公乌骓②人尽夸，郭公骓騄来渥洼③。

吐蕃枣骝④号神驳，北地又羡拳毛騧⑤。

腾骧⑥骤驰皆经见，衔橛⑦背鞍亦多变。

天闲十二⑧旧驰名，手到病除能应验。

古人已往名不刊⑨，只今又见皇甫端。

解治四百零八病，双瞳炯炯珠走盘。

天集忠良真有意，张清鹗荐⑩诚良计。

梁山泊内添一人，号名紫髯伯乐裔。

注 释

①安骥 (jì)：相马，医治马匹。

②鄂公乌骓：鄂公，尉迟敬德，唐朝名将，凌烟阁二十四功臣之一。乌骓，在秦汉时号称"天下第一骏马"。

③郭公骒骊：郭公，郭子仪。骒骊，良马名，周穆王八骏之一。渥洼 (wò wā)：水名。在今甘肃省瓜州县，传说产神马之处。

④枣骝：《说唐》中的马，程咬金的坐骑，全身褐色，唯有四肢呈青紫色，乍看之下犹如铁般，故名铁脚枣骝马。

⑤拳毛䯄 (guā)：李世民在沼水作战时所乘的一匹战马，昭陵六骏之一。

⑥腾骧 (téng xiāng)：飞腾，奔腾。

⑦衔橛 (jué)：马嚼子或指驰骋游猎。

⑧天闲十二：古有渔赛十二闲之说，这句是说皇甫端医术高明，悠闲自得中治好马匹的各种疾病。

⑨名不刊：没有值得记载的。

⑩鹗荐：推举有才能的人。

赏 析

皇甫端是最后一位上梁山的头领，从他上山后起，一百零八将聚义齐全。他是唯一的兽医，作者在此用这首诗来称赞他的医术。

第一、二句用"安骥"点明职业。"骥"为马，"安骥"可理解为"使马安"，那这家传的医术便是相马、医马之术了。第三、四句写这技艺无人敌的具体表现：能使马起死回生，也可拯愈扶危。

从"鄂公乌骓人尽夸"至"衔橛背鞍亦多变"，以各种名马的出现写皇甫端的相马之术，照应了最后一句中的"伯乐裔"。

"天闲十二旧驰名"不是实指"天闲十二"的内容，而是用其"闲"字，意为悠闲。此人可以在悠闲的状态下手到病除，加之可治"四百零八病"，看似轻描淡写，实则让人惊叹。

皇甫端天生异貌，碧眼黄须，诗中突出了他的双目炯炯有神，透过眼睛表现了此人的精明。

最后四句交代了皇甫端通过张清的推荐，也走上了梁山聚义之路。

第七十一回

天书定座次

光耀飞离土窟间，天罡地煞降尘寰[1]。
说时豪气侵肌冷，讲处英风透胆寒。
仗义疏财归水泊，报仇雪恨下梁山。
堂前一卷天文字[2]，付与诸公仔细看。

注释

①尘寰：人世间。
②天文字：指后文中天书上的文字。

赏析

这首诗在结构上有承上启下的作用。

首联涉及前两回内容。宋江一打东平，二打东昌救出史进，收齐了天罡地煞一百零八人，完成了聚义。

颔联中的"豪气""英风"既可指新进入梁山的头领，也可指梁山上所有的英雄，他们每个人都有着惊天动地的故事。说起他们的故事来，感到"侵肌冷""透胆寒"的恐怕不是百姓，而是那些之前与水浒英雄对峙过的官员，甚至是朝堂上的奸佞权臣。

尾联开启了新的故事情节：天降天书，上面写着一百零八人的星号，为每一位英雄正名。这一情节安排，呼应了小说开头星曜降世之说，一百单八将的反抗行为也由反抗自身命运的小格局，转向了身负使命、替天行道、解救百姓、匡扶社稷的大功德上。自此，水泊梁山之后的故事——招安，打辽国，征方腊，便与国家命运相连，梁山泊逐步走上了可入正史记载的道路。

天门开阖亦糊涂

蕊笈琼书①定有无？天门开阖②亦糊涂。
滑稽谁造丰亨论③？至理昭昭敢厚诬④。

注释

①蕊笈琼书：道教称天上有蕊珠宫，道经有《蕊珠经》。笈，书箱，道经有《云笈七签》。琼，美玉，美好的文字称琼章。此指道家秘藏经典，指玄女传宋江天书等事。
②天门开阖：指小说中所写的道家的天眼开、天门开的说法和情景。
③滑稽：形容圆转自如，亦有可笑之义。丰亨论：丰亨豫大之说。丰、豫，《易》二卦名。丰，富饶；豫，安乐。
④至理：指朱熹所言侈泰放肆必乱的道理。厚诬：深加诋毁，粗暴抹杀。

赏析

《水浒传》第一回中以洪信掘起刻有龙章凤篆的石碣，放走三十六天罡、七十二地煞的神道迷信说法，来说明梁山英雄反抗豪绅官府，犯上作乱，聚义梁山的起因。到此回又以同样的石碣天文，对此事做照应印证。此后虽然还有赢童贯、败高俅的抵抗官军之事，在宋江的本心是不得已而为之，与闹江州，打祝庄、曾头市性质的激于积愤、势不两立的性质不同，是与求招安、征辽、征方腊的忠于朝廷的心一致的。这首七言绝句，对这种神道外衣与社会真实起因的主次真伪，做了含蓄却不失于客观的揭示。

前两句对天文、天书以及天门开阖的书中事迹描写，以难定有无和并不确切明白，表明了它可以被质疑而不是真实可信。作者对神道领域的这些事情真伪不作结论，这正是引而不发，要读者以自己的思考找出答案。

后两句从讲天道的《易》引入社会政治的人事领域，在用典之中表明自己的态度。蔡京等人所造出的应当侈泰放肆之论，虽然圆转自如也不免是强词夺理，可嗤可笑。而先前进陈去奢以求安的朱熹批驳蔡京的道理，是不能攻击诋毁的。"谁"字的设问，矛头不是只及蔡京一人，广指前后此等人物与议论。"敢"字有先怀疑后肯定的意味，是更有力的肯定。

这首诗是梁山众人掘出的石碣上刻着的文字，带有一定的封建迷信色彩。

梁山聚义赞

山分八寨，旗列五方。交情浑似股肱①，义气真同骨肉。断金亭②上，高悬石绿之碑；忠义堂前，特扁金书之额③。总兵主将，山东豪杰宋公明；协赞军权，河北英雄卢俊义。施谋运计，吴加亮号智多星；唤雨呼风，入云龙是公孙胜。五虎将④英雄猛烈，八骠骑⑤悍勇当先。马步将军，弓箭枪刀遮路；水军将校，艨艟战舰相连。八寨军兵，守护山头港泊；四方酒肆，招邀远路来宾。掌管钱粮，廉干李应柴进；总驰飞报，太保神行戴宗。飞符走檄⑥，萧让是圣手书生；定赏行刑，裴宣为铁面孔目。神算须还蒋敬，造船原有孟康。金大坚置印信兵符，通臂猿造衣袍铠甲。皇甫端专攻医兽，安道全惟务救人。打军器须是汤隆，造炮石全凭凌振。修缉房舍，李云善布碧瓦朱甍；屠宰猪羊，曹正惯习挑筋剔骨。宋清安排筵宴，朱富酝造香醪⑦。陶宗旺筑补城垣，郁保四护持旌节⑧。人人勠力，个个同心。休言啸聚山林，真可图王伯业⑨。列两副仗义疏财金字障，竖一面替天行道杏黄旗。

注 释

①股肱：大腿和胳膊，均为躯体的重要部分。此处比喻兄弟。
②断金亭：立于梁山西侧的悬崖之畔，三面环临深谷绝涧。取《易经》中"二人同心，其利断金"之意，梁山头领分配财物之亭。
③特扁金书之额：指特意挂起金字匾额。
④五虎将：分别是大刀关胜、豹子头林冲、霹雳火秦明、双鞭呼延灼、双枪将董平。
⑤八骠骑：分别是小李广花荣、金枪手徐宁、青面兽杨志、急先锋索超、没羽箭张清、美髯公朱仝、九纹龙史进、没遮拦穆弘。
⑥飞符走檄 (xí)：飞符，急速传送兵符。走，紧急发送文书。
⑦香醪 (láo)：香气浓郁，指美酒。
⑧旌节：古代使者所持的节，以之为凭信，后借以泛指信符。这里指郁保四把捧的帅字旗。
⑨王伯业：指帝王霸主的事业。

赏 析

这篇赞语气势磅礴，音韵铿锵，语言对偶工整，又有句式变化，对人物的姓名绰号，变通改造合于句式要求，不露雕琢痕迹，在感情上给读者以振奋鼓舞。"有篇言语"显然是以第三人称的旁观者身份，对梁山群雄聚义场面进行或理性或浪漫的勾描。众虎同心汇聚梁山，一百零八人凭能力各司其职，他们以"仗义疏财""替天行道"口号倡议天下，其发展方向由"啸聚山林"趋向"图王伯业"。内涵上似乎与"水浒"文化意蕴之一的用部族开创基业史象征暗合，最终可导致把《水浒传》要旨归结为"农民起义"的结论出台。"替天行道"之"天"只能读解为苍天，乃天下人之天，它不等同于承天之命治理天下的人间天子，正好符合"天下非一人之天下也，天下之天下"之意也。因而此种阐述与整部小说的忠义主旨产生反讽关系。也有人认为这是对"义"之无限制发展的一种预测：在"义"的指引下，只要"人人勠力，个个同心"，就可以"图王伯业"，另开新天。按其理，作者仅仅在于盛夸水浒梁山的力量与气势，它可能走向"图王伯业"，但没有宣扬此种观念，体现的是一种可能性趋向。梁山一百零八位好汉蓄积着"图王伯业"气象，众心统归于宋江之心，宋江之心充分体现了梁山英雄的实际发展方向。

这篇四六骈体诗，叙述也较拘谨，文气之阔大气象张扬不足。与前面"宋江与众头领道：'鄙猥小吏，原来上应星魁，众多兄弟原来也都是一会之人。今者上天显应，合当聚义。将已数足，上苍分定位数，为大小二等，天罡、地煞星辰，都已分定次序。众头领各守其位，各休争执，不可逆了天言'"相印证，天地煞是上苍分定之位，一百零八人应各安其位、不可争执。对比儒家之礼（理）学规定则颇吻合。高下尊卑位次分明，"交情浑似股，义气真同骨肉"，建构于儒家爱以礼亲视域之内，是爱有等差的兄弟朋友骨肉情分，其思维路径彰显为"君子敬而无失，与人恭而有礼，四海之内，皆兄弟也"的实际生存应用。这隐喻着作者为代表的草根社会对生活理想的理性追求，基本等同于儒家《礼记·礼运》所勾画的"大同"的理想生活图景。

满江红·重阳宋江抒怀

喜遇重阳，更佳酿今朝新熟。见碧水丹山①，黄芦苦竹②。头上尽教添白发，鬓边不可无黄菊。愿樽前长叙弟兄情，如金玉。统豺虎③，御边幅。号令明，军威肃。中心愿平虏④，保民安国。日月常悬忠烈胆，风尘障却奸邪目⑤。望天王降诏早招安，心方足。

注 释

①丹山：秋天红叶满山，故云丹山。
②黄芦苦竹：低温之地草木凄清景象。
③豺虎：喻勇猛的军队。
④虏：指入侵中原的辽国。
⑤"日月"二句：忠烈之心如日月常悬，流言蜚语障蔽了奸邪权臣的眼睛，识别不清梁
　山的忠烈。

赏 析

梁山的一百单八将聚义后，安排座次职务，举行过一次庆贺筵席，由此结束了梁山将领作为对抗统治压迫者的历史阶段。这首词写重阳节时为稳定下来的新状态庆贺。肉山酒海，颁散马、步、水三军。头领们不分文武雅俗，都遍插菊花，举行欢庆。有音乐，但只有马麟、燕青、乐和有吹弹唱的修养，这男子汉之乐未免单调。山寨的酿造烹饪也限定了酒筵的丰盛精美水平。宋江大醉后所写的词，是对眼前形势的不满足，未来发展的危机感所促使，寻求新出路的情志的流露。

山寨的景色难免荒僻寥落，白发渐添又意味着壮年易过。祝愿弟兄情金玉永固，意味着它的保持极难，被损害变冷落的趋向不可遏止，需要走向新目标下的统一行动，使它在新台阶的攀登之步伐统一。词的上阕反映了宋江作为这一群体领袖与众同乐的困惑，这困惑使欢乐带了强颜自持韵味。下阕写明，梁山是军事上的强者，应该就此向"平虏""保国安民"的正面远大目标努力。这是宋江个人，也是他为梁山将士设想的更高人生价值追求，也是他对梁山现状的批判性审度的改弦易辙思考。梁山聚义以后的行动依然是依靠强暴力量在左近以至二三百里之内，劫夺官员豪富以维持好汉水平的衣食消费及众多军队的兵刃战马袍铠的打造维护。这只是一个强

暴自立集团，说不上保民安国的忠义，物质上精神上都难于长久维持下去。他于此的考虑是行忠义以常存，去奸邪以利国。这在社会发展的阶段限制下，是改扰民浚民之邪，归保民安国平虏之正的正途，比只图自身或本集团眼前快活的人生价值观，眼光更高远些。这等时代背景下集团只能以此等人为领袖。

第七十二回

满庭芳·千古汴京尊

一自梁王，初分晋地①，双鱼正照夷门②。卧牛③城阔，相接四边村。多少金明④陈迹，上林苑花发三春⑤。绿杨外溶溶汴水⑥，千里接龙津⑦。潘樊楼⑧上酒，九重宫殿，凤阙天阍⑨。东风外，笙歌嘹亮堪闻。御路上公卿宰相，天街⑩畔帝子王孙。堪图画，山河社稷，千古汴京尊。

注　释

① "一自"二句：述汴梁最早成为都城的历史起源。春秋时三家分晋，魏始建都于此。因城名大梁，国号也称梁。
② 双鱼：喻吉祥之意，此指旭日祥光。夷门：魏都大梁城东门。
③ 卧牛：梁（今河南开封市）形势有如卧牛，本回此诗前有赞，称开封"层叠有卧牛之势"。
④ 金明：指开封西郑门西北的金明池。
⑤ 上林苑：秦及西汉、东汉、南朝梁各有上林苑，为皇帝游观狩猎园林，此借指汴京皇帝苑囿。三春：指正月到三月的孟春、仲春、季春整个春季。
⑥ 汴水：水名，流经开封市北。
⑦ 龙津：犹言龙门，在开封北黄河上游陕西境内。
⑧ 潘樊楼：当时汴京有名的酒家潘楼、樊楼。
⑨ 天阍 (hūn)：帝王的宫门。
⑩ 天街：京城中的街道。

赏析

汴京是八朝古都，历史悠久，"一自梁王，初分晋地"便是讲战国时期魏惠王迁都大梁，在夷门（汴京）第一次定都的历史。这首词写的是汴京之景。

接着再写汴京的地形。汴京因形似卧牛，故被称为卧牛城。都城连接乡村，四通八达。汴京城外汴水绕城，城内有金明池、上林苑，皇家园林里春意浓浓，自然景观美不胜收。

下文写汴京的建筑。城内建有知名酒楼潘楼、樊楼，还有威严的宫殿。建筑群高耸巍峨，仿若天宫，气派非凡。这样的京城自然繁华，处处笙歌嘹亮，一片歌舞升平的景象。路上可见达官贵，尊贵无比，帝都的特点表露无遗，难怪汴京有"汴京富丽天下无"的美誉。

绛都春·元宵胜景

融和初报，乍瑞霭霁色①，皇都春早。翠幰②竞飞，玉勒③争驰都闻道。鳌山彩结蓬莱岛，向晚色双龙衔照。绛霄楼④上，彤芝⑤盖底，仰瞻天表。

缥缈。风传帝乐⑥，庆玉殿⑦共赏，群仙同到。迤逦⑧御香，飘满人间开嬉笑。一点星球小，渐隐隐鸣稍声杳⑨。游人月下归来，洞天⑩未晓。

注释

①霁（jì）色：雨止新晴的天色。
②翠幰（xiǎn）：用翠羽装饰的车前帷幔，代指华贵的车。
③玉勒：以玉装饰的马笼头，代指华贵的马。
④绛霄楼：当时汴梁著名的高楼。
⑤彤芝：红色的灵芝，此指彩灯形状。

⑥帝乐：天帝的音乐，极言音乐之美。

⑦玉殿：此指神仙的宫殿。

⑧迤逦：曲折连绵。

⑨鸣稍：带细芦秆的一种焰火，升空时喷出火花带有响声，俗名起花。声杳：声音渐远而消失。

⑩洞天：如洞中别有天地一般，指黎明时的天色。

赏析

这首词主要写汴梁元宵灯会，先自春初祥和晴明的物候着笔，似乎大自然也有意为节日添一分欢乐。次写车马的富丽，使读者想象到观灯士女的华贵俊雅，并随作者笔墨的引导，由都门四外将眼光集中到最繁华的闹市地区。然后由地上的鳌山、双龙，移向更高的绛霄楼，由楼底用仰角看向天外。这表现出灯会聚来田野欢腾之情，由地下到天上一片光明灿烂。

下阕由视觉转到听觉、嗅觉的美好感受，构成综合的审美愉悦。并转从天帝群仙下瞰人间的俯角，写乐，写香。"嬉笑"的内涵有士女谐谑作乐，也有鞭炮焰火的喷花溢彩。然后借焰火将读者视点引向平地散归的游人，以月落人归，写整个元宵光辉自宵至旦，余韵不尽。

词中由广远写到腹心之区，由地下写到天上，又转而由上而下，由近及远。视域开阔，因而景色便显得纷繁多彩，在"竞飞""争驰"、乐传、香飘、人归等一系列动态描写中，显出这一元宵灯会始终处在热闹跃动之中。各种景象互相组联辉映，不见牵合拼凑之迹，这显出了文思的精巧。

第七十四回

燕青赞

罡星飞出东南角，四散奔流绕寥廓。
徽宗朝内长英雄，弟兄聚会梁山泊。
中有一人名燕青，花绣①遍身光闪烁。
凤凰踏碎玉玲珑②，孔雀斜穿花错落。
一团俊俏真堪夸，万种风流谁可学。
锦体社内夺头筹，东岳庙中相赛搏。
功成身退避嫌疑，心明机巧无差错。
世间无物堪比论，金风未动蝉先觉。

赏 析

燕青在三十六天罡中排行末位，前面已有诗歌对其进行过描述。这一回他是故事的主要人物，因为这一回燕青与李逵去东岳庙一闹，加之宋江等人闹东京，成为朝廷招安梁山的导火线。作者在这一回中更加完整地塑造了燕青这一形象。

诗歌前两联还是写水浒英雄聚义的前因后果，这种方式在很多回首诗中都有体现。接下来的三联着重写了燕青身上的花绣，即文身。《水浒传》中很多好汉都有文身，如史进全身文了九条青龙，鲁智深身上刺了牡丹花。燕青的文身与众不同，一组凤凰踏于水仙花间，一组孔雀穿花，单单是这两只祥瑞的鸟儿便是夺目，更何况还有诸多花卉。燕青是富豪卢俊义的门人，自幼受卢俊义照顾，多才多艺，自然所选文身图案更有风雅格调。燕青本身就肤白俊俏，衬得这文身更是精致。

　　诗中点出了燕青的绝活：相扑。燕青的相扑可称天下第一，李逵下山时，多是燕青跟随。大半是因为天不怕地不怕的李逵除了怕宋江，就怕燕青的相扑。燕青在东岳庙中与任原比赛，一方面是用任原之败反衬燕青的技艺高超，另一方面更是通过燕青对李逵的安排、比赛前的准备、比赛时的应变来表现他"心明机巧无差错"的性格特点。作者评价他"了身达命"，这便是具体的体现。

　　最后两联说的是燕青在小说中的结局。征完方腊，燕青谏卢俊义无果后，留给宋江一封信，最后四句是"情愿自将官诰纳，不求富贵不求荣。身边自有君王赦，淡饭黄齑过此生"。他比一般人更能看透世事，因此提前功成身退，保全了自己。

第七十五回

偷御酒

祸福渊潜未易量，两人行事太猖狂。

售奸暗抵黄封酒，纵恶明撕彩凤章。

爽口物多终作疾，快心事过必为殃。

距堙①轒辒②成虚谬，到此翻为傀儡场③。

赏析

上一回说了燕青东岳庙智扑擎天柱又让李逵惹来麻烦，朝廷终于决定要招安，陈宗善领诏书带御酒前往梁山。李虞候在阮小七的船上鞭打水手，惹怒活阎王，被算计仓皇换船。阮小七接了封头，喝光了御酒，又以村醪代替御酒，这就埋下祸根。诏书上藐视梁山，李逵手撕诏书，诽谤徽宗，闯下大祸。这就是颔联两句所述之事。

招安本是宋江心心念念之事，朝廷招安在宋江看来是兄弟们的大出路。可是这件事情让阮小七和李逵一顿胡搅，虽逞了口舌之快，却坏了梁山的前途，所以诗中说"祸福渊潜未易量"。

梁山好汉们因为喝了假御酒群起发难，令第一次招安化为泡影，惹来了朝廷十三万大军压境。这恰是故事发展的伏笔之处，若没有梁山对抗朝廷大军的胜利，便不得展现梁山的军事实力，后面也就不可能在抗辽寇、征方腊中获得胜利。

第七十六回

一败童贯

廊庙徽猷①岂不周，山林却有过人谋。

凤无六翮②难高举，虎入深山得自由。

四斗五方③排阵势，九宫八卦运兵筹④。

陷兵损将军容失，犬马从知是寇仇。

注 释

①廊庙徽猷 (huī yóu)：廊庙，指殿下屋和太庙，后指代朝廷。徽猷，美善之道。
②六翮：鸟类双翅中的正羽，用以指鸟的两翼。
③四斗五方：形容旗帜大，有四五斗方。
④兵筹：用兵的筹策。

赏 析

　　童贯率领朝廷大军讨伐梁山，大军军备充分，军容齐整，士气高涨。到达目的地，太守张叔夜提醒童贯不要轻敌，可惜童贯未听良言。

　　颔联便是童贯轻敌的后果，吴用、宋江摆下九宫八卦阵将童贯大军危困。颈联用比喻，童贯似凤无六翮，怎能飞出这阵法；而梁山大军在自己熟悉的地方作战，应了天时地利人和，好像猛虎在深山中，来去自由。这一组比喻恰到好处地描绘出两军在对阵时的不同处境和不同结果。

诗歌的尾联既是童贯初败后的心态，也是作者对他的嘲笑。出征之时，童贯认为梁山贼寇不过是水洼草贼，对张叔夜的劝告嗤之以鼻，但见宋江阵法时"才惊得魂飞魄散，心胆俱落"。童贯前后态度的对比，是为了表现梁山惊人的军事战斗力。从另一个侧面看，朝廷官员自高自大，朝堂败落可以知矣。

第七十七回

回首诗

红日无光气障霾，纷纷戈戟两边排。

征鼙^①倒海翻江振，铁骑追风卷地来。

四斗五方旗影扬，九宫八卦^②阵门开。

奸雄童贯摧心胆，却似当年大会垓^③。

注释

①征鼙 (pí)：出征的鼓声。亦比喻战事。
②九宫八卦：一种古代的军事阵法，相传为诸葛亮发明。
③大会垓 (gāi)：大会战。垓，坡下。刘邦曾率韩信等围攻项羽于垓下，项羽战败而死。
后以"会垓"谓会战。

赏析

　　首联以战火遮天蔽日的环境描写将读者重新引入到两军厮杀的氛围中。"戈戟两边排"则直接描写了对阵双方即将开战的紧张局势。

　　童贯此次作战，先是被浪里白条张顺在水中"倒海翻江"，吃了大亏；进而中计，在陆地上被梁山埋伏好的各路人马"铁骑追风"，只得败走东京。"振"字写出了张顺独战童贯大军得胜的威武、得意；"卷"字写出了梁山铁骑摧枯拉朽的军事力量。这一联尽显梁山大军威势。

颈联与上一回回首诗颈联呼应，"扬""开"两字充分说明吴用、宋江战前制定的应对策略在战斗中的实施，也是对颔联具体战斗方式的总结。

尾联陈述了童贯出战的下场：战败逃亡。"奸雄"是对童贯的评价。童贯刚愎自用导致战败。他回朝后又与高俅、蔡京狼狈为奸，谎报军情，欺瞒皇帝，逃避责任。这样的人既无用兵之才，又无爱兵之心，满脑子都是自己的利益得失。最后一句言明梁山此次所用之计策为十面埋伏。项羽中十面埋伏，留万世英名；童贯中十面埋伏，解世人怨气。此一战两败童贯，真是大快人心！

第八十回

海鳅船

前排箭洞，上列弩楼。冲波如蛟蜃^①之形，走水似鲲^②鲸之势。龙鳞密布，左右排二十四部绞车；雁翅齐分，前后列一十八般军器。青布织成皂盖，紫竹制作遮洋。往来冲击似飞梭，展转交锋欺快马。五方旗帜翻风，遍插垛楼；两下甲兵挺剑，皆潜复道。搅起掀天骇浪，掀翻滚雪洪涛。来时金鼓喧阗^③，到处波澜汹涌。荷叶池中风雨响，蒹葭^④丛里海鳅来。

注 释

①蜃：传说中的一种水怪，一说是大蛤蜊，一说是水龙。
②鲲：传说中的大鱼。
③阗：充满。
④蒹葭：芦苇。

赏 析

本回讲了高俅第三次率军与梁山好汉作战的经过。其间，流浪工匠叶春向高俅献计，打造大小两种"海鳅船"来对付梁山好汉。

这首词描写的是大海鳅船。船中几百名军士中有人踏水车（词中"绞车"）使船前行，有人在弩楼上发动远攻，有人藏在船舱里等待近战；船四周还有青布紫竹防护，可避箭矢。此船可谓设计精巧，威风凛凛。

全词起笔开门见山，用"箭洞""弩楼"两词点明这"海鳅船"是一大杀器。此后，作者用"蛟屋""鲲鲸"进行对比，着力勾勒此船行动时翻江倒海，势不可当之相。又极尽夸张之能事，强调此船快如飞梭，疾胜骏马。随后，作者连用比喻，极力铺陈，生动形象地描绘了船上之景：旌旗招展，军械整齐，戒备森严。最后描绘"海鳅船"迅猛出击之相，视听结合，可谓杀气逼人，让我们替梁山好汉们捏了一把汗。尽管"海鳅船"看似无比强悍，梁山好汉依然找到了破敌之策，大获全胜。从某种意义上讲，这首词既衬托了梁山好汉的智勇双全，也对官军的腐朽无能进行了辛辣的讽刺。

第八十一回

李师师

芳容丽质更妖娆，秋水精神瑞雪标①。
凤眼半弯藏琥珀②，朱唇一颗点樱桃。
露来玉指纤纤软，行处金莲③步步娇。
白玉生香花解语④，千金良夜实难消。

注释

①标：风度，风韵。
②琥珀：喻指瞳子。
③金莲：指女子纤足。
④花解语：花儿能听懂人说话。此以花解语赞李师师的美慧。

赏析

这首是写"花魁娘子"李师师的七律，写其美，又着意写其高贵。首联中写其"芳容丽质"的天赋优异，"妖娆"顺写其自珍自爱的装饰修持。写一妓女的精神风标，用至清的"秋水"、至洁的"瑞雪"为喻，这显出她自立地步、领袖群伦的气度。瞳子如"琥珀"晶亮，口唇如"樱桃"美艳，"玉指"展露，"金莲"生娇。这些比喻都显得雍容华贵，与前面写李巧奴的"寻春去""步月行"相比，富贵之态与风尘行迹卓然有别。这区别在尾联中也泾渭分明。同是写沦落风尘的女子之美，京都与州府有差别，彼此的际遇又不同。

在《水浒传》里，李师师是集书中众多女子优点于一身的女子：她有胜潘金莲般的美貌，她亦有孙二娘般的侠气；师师爱财，但取之有道；师师多情，但绝不轻佻放荡；师师受宠，却绝不骄狂蛮横。李师师的形象极为重要，如果不是李师师从中牵线搭桥，宋江等人的招安之事就不知要等到驴年马月了。作为妓女形象的女子，她却能得到作者施耐庵的眷顾，书中不仅写出了她作为风流名妓具有的高超的交际手腕，还塑造了她聪明伶俐、侠骨柔情的形象。

燕李会

俊俏烟花①太有情，玉箫吹出凤凰声。
燕青亦自心伶俐，一曲穿云裂太清。

注 释

①烟花：指妓女。李师师是入乐籍的官伎，官府需要时按制度要应召侍候。

赏 析

燕青受命潜入东京，为招安一事找李师师。李师师欣赏燕青一表人才，与他同吹一管箫。随后，二人拨阮唱曲，互有往来，结为异姓姐弟。最后，李师师引燕青见到了皇帝，使他得以向皇帝表明梁山人马的衷情，为招安立下了大功。

"俊俏烟花"四字简洁地概括了李师师的身份：一位有着花容月貌的青楼女子。作者用一个"大有情"毫不掩饰地表露了李师师对燕青的爱慕。接下来先写李师师吹奏，那一管凤箫奏出的曲调真如鸾凤和鸣一般悠扬动听，她真不愧是受到皇帝宠幸的花魁娘子。而燕青百般伶俐，拿捏得当：知道李师师对他有意，要讨她欢心；又要把握分寸，不能得罪皇帝坏了招安大计。他便使出真本事，箫声清脆高亢，直冲云端，技艺丝毫不逊于李师师。燕青的为人处世和精湛技艺都受到了作者的称赞。

第八十二回

五更朝

星斗依稀玉漏[1]残，锵锵环佩列千官。

露凝仙掌金盘冷，月映瑶空贝阙寒。

禁柳绿连青琐闼[2]，宫桃红压碧栏杆。

皇风清穆乾坤泰，千载君臣际会难。

赏 析

　　这首诗描绘了五更天时宫中的景象。这时候宋徽宗驾临文德殿，正质问高俅、童贯征梁山的战果，并与群臣商议招安之事。

　　首联点出此时夜色尚未褪去，星斗依稀可见。一个"残"字写出了这时漏壶中的水将要流尽，耳听得那微弱的滴答声逐渐淹没在群臣随身玉佩的叮当声中。颔联描写令人耳目一新，宫女们托举的金盘如此冰冷，竟凝集了露珠，袭人凉意好像触手可及；清冷的月辉笼罩着威严的皇宫，仿佛能令人感到"高处不胜寒"的天上宫阙。虽然夜色清冷，但皇帝与群臣已经开始早朝议事了。颈联的"连"

与"压"两字极妙：碧柳葱茏，招展的枝条从院内伸到门口；桃花繁盛，满树的花朵压弯了枝头。一红一绿，色彩对比鲜明。依据前后文可知，此时为正月至二月之间，桃树、柳树恐怕并非诗中描写的样子，但为了给后文称赞"乾坤泰"营造了一派繁荣景象，略有虚写也未尝不可。虽然作者刻画的皇帝形象看似贤明，描绘的世道总体太平，怎奈把持朝政的是高俅、童贯一干欺君罔上的奸臣，而宋江这样一心想被招安为国效力的好汉却屡遭阻挠，因而尾联作者不得不无奈地感慨一句"君臣际会难"。

第八十三回

平辽出京

招摇旌旆^①出天京，受命专师事远征。
虎视龙骧^②从此去，区区北虏等闲平。

注 释

①旌旆：泛指各种旗帜。
②骧：腾跃，抬起。

赏 析

  梁山好汉刚刚接受了招安，北方辽国又派兵前来打劫，真是一波未平一波又起。高俅、童贯、蔡京和杨戬四大奸臣一面联手隐瞒辽寇入侵的事实，一面陷害梁山好汉。好在殿前都太尉宿元景向皇帝揭穿了事情的真相，保举梁山好汉去代替节节败退的官军来迎击辽寇，以此建功立业。因此，梁山人马受朝廷调遣出发北上抗辽。此诗便作于梁山雄师出京之时。

  旌旗迎风，激昂雄壮，梁山好汉带着为国效力的自豪与建功立业的渴望大踏步出发了。虽然他们曾是朝廷眼中的"贼寇"，但他们的将领之中藏龙卧虎，甚至连士兵的战斗力有时都胜于官军。梁山头领中有高级军官出身的，也有出身草莽但身手不凡的，还有身怀一技之长的；士兵虽是由来自不同地方的人混编而成，但与朝廷交锋屡战屡胜，而且令行禁止，不扰平民。"虎视龙骧"既是赞美他们威严的军容，又是称颂他们龙虎般的勇猛。

第八十四回

征辽寇

志气冲天贯斗牛[1]，更将逆虏尽平收。
檀州骁将俱心碎，辽国雄兵总泪流。
紫塞[2]风高横剑戟，黄沙月冷照戈矛。
绝怜[3]跃马男儿事，谈笑功成定九州。

注 释

①斗牛：斗，二十八星宿
之一，通称南斗。牛，
二十八星宿之一。
②紫塞：北方边塞。
③怜：爱。

赏 析

梁山好汉先与辽国作战，首战告捷，连斩辽将；后又计取檀州，再次大获全胜。初战辽寇，宋军便势如破竹。第八十四回以此诗开篇。

作者首联便发出了要将辽寇一网打尽的豪迈之语，好汉们的英气直冲霄汉。颔联不直接刻画好汉们英姿勃发的形象，而是将目光投向了敌国的兵将。"俱心碎"和"总泪流"夸张地描绘了辽寇闻风丧胆的形象，从侧面展现了梁山好汉的骁勇善战。颈联勾勒了一幅边塞月夜图：苍茫大漠上狂风席卷，黄沙飞扬，紫土筑成的边塞上，无情的剑戟戈矛映着同样冰冷的月光。此景阴沉萧索，怎能不让人心生寒意。然而边塞的苍凉冻结不了战士们决胜疆场的一腔热血，枕戈待旦的艰苦敌不过一颗颗报效国家之心。在尾联，作者对戎马生活大加赞赏，绝口不提思乡怀亲的儿女情长和刀头舔血的危险，又用"谈笑"二字极力渲染好汉们平乱定边的轻松。作者的激昂之情在此诗中达到了顶峰。

攻蓟州

败将残军入蓟州，膻^①奴原自少机谋。

宋江兵势如云卷，扫穴犁庭^②始罢休。

注 释

①膻(shān)：像羊肉的气味。

②扫穴犁庭：犁，用农具耕地。庭，匈奴祭祀天神的场所和军政中心。扫清敌人的巢穴，犁平他们的总部，比喻彻底消灭敌方。

赏 析

宋军夺取檀州后乘胜追击，由卢俊义和宋江为先锋兵分两路分别从玉田县、平峪县出发攻打蓟州。为此，敌军将领耶律得重定计，先不与宋江的人马交战，而是集中力量攻破卢俊义的军队，最后再去包抄宋江的人马。起初这条计策收效很好，卢俊义的人马被重重包围，但是辽军没想到的是宋江收到卢俊义遇险的消息后，及时赶来救援，最终两军合力把辽军杀得落花流水。

起句呼应前文的情节，第二句中的"元自"体现了对辽军计策执行效果的出乎意料，看起来一度要置卢俊义人马于死地的分兵拒敌之计，很快就被宋江破解了。这个小波折将诗歌的整体情绪向上推动，为后文赞扬宋军神武的高潮蓄势。"势如云卷"和"扫穴犁庭"是古代形容军队大获全胜的经典比喻。全诗在概括上下文情节的同时，字里行间洋溢着对梁山军马英雄气概的高度赞扬。

第八十五回

鱼鼻山

　　四围巉嵲①，八面玲珑。重重晓色映晴霞，沥沥琴声飞瀑布。溪涧中漱玉飞琼，石壁上堆蓝叠翠。白云洞口，紫藤高挂绿萝垂。碧玉峰前，丹桂悬崖青蔓袅。引子苍猿献果，呼群麋鹿衔花。千峰竞秀，夜深白鹤听仙经。万壑争流，风暖幽禽相对语。地僻红尘飞不到，山深车马几曾来。

注释

①巉嵲 (jié niè)：形容山高峻。

赏析

　　梁山众将领屯兵蓟州，来避暑热。宋江在公孙胜的引导下，去蓟州附近的鱼鼻山紫虚观参拜其师罗真人。众人一路上看到的就是这首词所描绘的景象。

　　"四围""八面"皆是高峻而秀美的山峰，好一个幽静之地！抬头望去，清晨的天色与晴日的彩霞交相辉映，调和出一种迷人的色彩；白练似的瀑布飞流直下，琴声般清越的水声响彻山谷。可谓视听结合，有声有色。接下来我们的目光随着水流而下，洁白的水花飞溅，好似那剔透的白璧破碎，比喻形象生动，极富美感。"叠"与"堆"二字，传神地写出了石壁上植物一层压一层的厚重和繁茂，为这幅山中图景涂上了一抹浓重的绿色。"漱玉飞琼"的动与"堆蓝叠翠"的静相映成趣；水花的白与植被的绿对比鲜明。描绘完瀑布，作者将视角转移到了高处和远处：山洞前紫藤悬垂，山崖上青蔓袅娜。此处为罗道人隐居之处，猿猴、麋鹿、禽鸟这些动物都沾染了仙气，一举一动富有灵性。这样一处车马未至，清幽僻静，不曾沾染红尘的仙境，为仙风道骨的罗道人的出场提供了一个绝佳的环境。

第八十六回

破幽州

莫逞区区智力余，天公原自有乘除。
谢玄①真得擒王技，赵括徒能读父书。
青石兵如沙上雁，幽州势若釜中鱼。
败军损将深堪愧，辽主行当坐陷车②。

注释

①谢玄：字幼度，东晋著名军事家，曾在"淝水之战"中以少胜多，射杀前秦皇帝符坚。
②陷车：即囚车。

赏析

宋江、卢俊义中了辽军的诱敌之计，结果卢俊义等人被困。宋江发觉后忙派人探明道路，公孙胜又于峪口破敌妖法，终于救出卢俊义等人。随后，梁山人马又连用妙计，攻破幽州。

这首诗是第八十六回的开

篇之作，与后文情节相照应。首句直截了当地表达了作者对辽军的嘲笑：别卖弄那一点可怜的智谋了。梁山好汉上应天星，自有苍天护持，而侵略他国的贼寇必然会受到上天的厌弃。接下来作者运用典故，谢玄之典指宋军以寡敌众，击败倾国而出的辽主；赵括之典指刁颜小将军自认为掌握了父亲所授阵法，结果兵败被俘。随后作者又连用"沙上雁"和"釜中鱼"两个比喻，形象贴切地表现了青石峪的辽兵在妖法被破后如沙上落雁，受到惊吓便四散奔逃，而由众辽将把守的幽州城，看似牢不可破，实际上却像锅中之鱼一样唾手可得。最后作者再次嘲笑辽寇几次作战都损兵折将之事：恐怕离辽主被擒的日子不远了吧？

取幽州

胡雏卤莽①亦机谋，三路军兵布列稠。
堪羡宋江能用武，等闲谈笑取幽州。

注 释

①卤莽：同"鲁莽"。

赏 析

宋江率军在青石峪大破辽军解救了卢俊义后，乘胜追击攻破幽州城。这时辽主心知幽州情况不妙，于是派遣太真骑马与李金吾率兵前往幽州，助幽州守将贺统领一臂之力。贺统领安排两路援军在城外设伏，自己从幽州城正面迎击，最后三路军马合围宋军。然而贺统领的把戏早被吴用轻松识破，吴用调遣得当，巧妙地应对了三路军马，还派兵封锁了贺统领回幽州城的道路，最后贺统领战败身死，李金吾与太真骑马落荒而逃。

第二句一个"稠"字形象地写出了辽军人马众多和排列紧密的画面，但是有如此之势却被宋军追杀得如丧家之犬，不得不说是一个天大的笑话了。在描写征辽之战时，作者用"等闲"二字来刻画宋江指挥若定，谈笑间辽寇灰飞烟灭的形象。

第八十七回

古 风

胡马嘶风荡尘土，旗帜翩翩杂钲^①鼓。

黄髯番将跨雕鞍，插箭弯弓排队伍。

摇缰纵马望南来，个个扬威并耀武。

刀诛北海赤须龙，剑斩南山白额虎。

梁山泊内众英雄，胸中劲气吞长虹。

一朝归顺遵大义，誓清天下诛群凶。

奉宣直抵幽燕界，累夺城池建大功。

兀颜统军真良将，神机妙策欺飞熊。

幽州城下决胜负，青草山川尘影红。

擒胡破虏容易事，尽在功名掌握中。

注 释

①钲（zhēng）：古代行军时用的铜制打击乐器。

赏 析

幽州首战失利后，辽主御驾亲征，倾国而出。本诗起笔先写辽国的军容：战马嘶鸣，马蹄下扬起阵阵黄沙；战鼓铿锵，旗帜猎猎随风飘扬，马上的辽将跨坐鞍鞯华美的良驹，阵前的胡兵身背弓箭，排列整齐。他们自北国南下侵扰中原，战马肆意践踏大宋国土，一度无人能挡。"刀诛北海赤须龙，剑斩南山白额虎"一句想象奇异，读来朗朗上口，带有浓厚的评书式语言特色。对敌人的描写费了这么多的笔墨，并非为了展示对方的威风，只有双方旗鼓相当，故事才精彩，对方派出精兵强将是宋军强劲实力的衬托。交代完敌人的情况后，作者又开始着力刻画梁山兵马的形象：他们胸怀报国之志，上应天命平定四方，战功赫赫，气贯长虹。在战争的决胜阶段，天地间弥漫着鲜红的血色。战争带来的破坏，战士为国家做出的牺牲，全都凝结在这触目惊心的一个"红"字之中。在最后，作者表达了他的高昂情绪，称一切尽在宋军掌握之中。

第八十八回

兀颜统军

兵按北方玄武①象，黑旗黑铠黑刀枪。
乌云影里玄冥②降，凛凛威风不可当。

注 释

①玄武：传说中龟蛇合体的神明，天之四灵之一，源自古人对星象的崇拜。
②玄冥：多种神明以此命名，包括北方之神、寒冬之神、水神等。

赏 析

辽军接连失败后，集全国之力，引数倍于宋军的人马前来决战。辽军总指挥刀颜统领摆出太乙混天象阵，其阵守备森严，气势浩大，杀机四伏。全阵共有万名士兵，千匹骏马，分七个旗门，每个旗门由一名大将镇守，又由位于全阵正中的大将统帅。这位统帅就是本诗描写的主人公兀颜统军。这个阵法在九天玄女托梦宋江前让宋军一度无计可施。

诗的第二句连用三个"黑"字，并未带来重复呆板之弊，反倒形成了特殊的韵律感，与"乌""玄"几个色彩阴暗的词相呼应，使整首诗色调阴暗，与凶险的战局相适应。整首诗对兀颜统军杀气腾腾、威风凛凛的刻画，为后文两军对垒宋军的失利进行了充分的铺垫。

天寿公主

貌似春烟笼芍药，颜如秋水浸芙蓉。

玉纤轻搦①龙泉剑，到处交兵占上风。

注 释

①搦(nuò)：持，握，拿着。

赏 析

辽主御驾亲征，率领全国精兵强将与宋军对阵。其中有一队人马格外引人注目，而统率这支队伍的便是应上界太阴星君的辽国天寿公主答里孛，这首诗描写的就是这个人形象。

芍药，若隐若现的朦胧间别有一番神韵；芙蓉，水灵冰肌仿佛吹弹可破。芍药、芙蓉已经是花中美艳的佼佼者，而作者并不满足于用如此简单的比喻描摹她的花容月貌。作者并不写实地描摹这位女子的眉眼身材如何，神态性格怎样，只用两种极美的花作比，让读者自己在心中刻画一个配得上如此描述的美丽形象。这样一位国色天香的美人，纤纤玉手中所握的却不是描绘精巧的团扇，而是一把冰冷的龙泉剑。更令人惊奇的是，她在阵前还能屡占上风，真是巾帼不让须眉的典范了。以弱女子之身，行大丈夫之事，强烈的反差更为这位公主增添了一抹传奇色彩。

第八十九回

破天阵

李靖六花[1]人亦识，孔明八卦世应知。

混天[2]只想无人敌，也有神机打破时。

注 释

[1]李靖：隋末唐初军事家，先为隋将，后为唐朝立下赫赫战功。六花：即六花阵，是李靖在诸葛亮八阵图的基础上推衍而来的一种阵法。

[2]混天：辽军摆出的太乙混天象阵，变化多端，十分厉害。

赏 析

辽国摆出了变幻莫测的太乙混天象阵，使宋军损兵折将，陷入被动，连吴用和神机军师朱武两位能掐会算的高人都束手无策。好在九天玄女秘授宋江破阵之法，帮助梁山好汉们成功破阵。措手不及的辽军四散奔逃，兀颜统帅被斩于马下，天寿公主被擒，辽主仓皇逃窜回燕京，最终举国投降，归顺了大宋。

李靖的六花阵和诸葛亮的八卦阵，都是声名远扬的阵法。不过这都是历史上的军事成果，已经被世人研究透了，不少统帅都熟知破解的办法。太乙混天象阵之所以能与这两大经典阵法比肩，不仅是因为它设计精巧，威力惊人，还是因为它变化莫测，熟悉它、能破解它的人相对较少。但是，在九天玄女的帮助下，此阵依然被破，大辽险被灭国。这个故事告诉我们：处于下风别放弃希望，占尽上风也要小心谨慎。

辽寇降

战败辽兵不自由，便书降表上皇州。

谦恭已布朝宗义，蝼蚁真贻①败国羞。

剩水残山秋漠漠，荒城破郭月悠悠。

金珠满载为忱质②，水浒英雄志已酬。

注释

①贻：遗留。
②忱质：为取得对方信任而赠送的礼物。

赏析

辽国都城燕京被围，被迫降大宋。从前辽国人口中蔑称的"童子皇帝"，现在成了高高在上的"天子"；原来辽国人可以肆意烧杀抢掠，入中原如入无人之境，现在他们不但不敢越雷池一步，还要年年缴纳岁币。以"蝼蚁"比喻战败的辽兵，是极为精当的。颈联描绘的是战后城池的荒凉之景：兵戈已远，空余残山剩水；秋风萧瑟，吹不走无限凄凉；盛景不再，只见断壁残垣；明月高悬，照千载兴亡变换。"剩""残""荒""破"四个字写的是人们抚不平的战争创伤，"漠漠""悠悠"两个叠词，道出了秋风、明月不随人间事而变得淡漠。二者对比，兴亡沧桑之感顿生，使人心生无限惆怅。暂时放下旧战场上一片凄惨的景象，再看回朝的将士们，金珠满载，功业初成，喜气洋洋。水浒英雄们第一次出征便建立奇功，真是可喜可贺。小说中，宋江迫不及待地下令撰文刻碑，以计大功，"志已酬"的喜悦可见一斑。

五台山参禅

暂弃金戈甲马，来游方外丛林。雨花台畔，来访道德高僧①，善法堂前，要见燃灯古佛。直教一语打开名利路，片言踢透死生关。

①道德高僧：指智真长老。

赏 析

鲁智深曾路见不平，拳打镇关西，被赵员外送上五台山出家避祸。后又因两次醉后大闹，鲁智深被师父智真长老送到东京大相国寺看菜园。虽然他不守纪律，时常杀人放火，但智真长老预言他能修成正果。此次平辽功成，他思念智真长老，要回五台山参礼。宋江也要同去，因而一行人共同前往五台山。第八十九回便于此结束，本词便是结尾。

智真长老早知道鲁智深是个达命之人，只不过俗缘未尽，要还杀生之债，不得清净修行。如今辽国已平，鲁智深得以暂时放下兵器，聆听高僧偈语，面对青灯古佛，回归那颗沉寂已久的禅心。高僧"一语"便道破困扰无数人的名利难题，可见其语蕴含道理之深，其人道行之高；而听者只需"片言"便"踢透死生关"。"踢"字极妙，一个有力的动作既显出鲁智深天性的率真豪迈，又显示出他领悟之快、之透。"名利路"与宋江关于梁山前程的提问相对应，"死生关"是对鲁智深未来命运的预言，两段偈语都应验了，可见智真长老确实很厉害，此次参禅影响极为深远。

第九十回

伤孤雁

山岭崎岖水渺茫，横空雁阵两三行。
忽然失却双飞伴^①，月冷风清也断肠。

注释

①双飞伴：指雁的配偶。据说大雁失去配偶后至死不会再次求偶。

赏析

　　宋江行至双林渡时，突然看见雁群纷乱，听见大雁惊鸣，心中疑惑。一问才知是燕青初学弓箭，射落数十只雁。宋江认为，大雁失伴而不来侵犯射箭之人，失去配偶后不再配新偶，南飞时前后有序，懂得衔芦过关以避鹰雕，南飞后还将北还，可谓仁、义、礼、智、信五常俱备，是忠义之鸟，如梁山弟兄一般，不应射杀。有感于此，他口中吟诗一首，即为此诗。

　　山路崎岖不平，河流烟波浩渺，天上雁阵惊寒，列队南归，本就是一派秋日凄凉萧瑟之景。忽然听得一声惊鸣，艰难旅途中的大雁失去了原打算相伴终生的配偶，这突如其来的哀痛，使得那一轮冷月与阵阵清风都感到痛心断肠。月与风本是无情之物，是作者自己有感于心，移情于物，为它们涂抹上一层悲戚之色。宋江认为大雁的忠义与自己的梁山弟兄情谊有相似之处，很不幸，后来梁山好汉们的生离死别也像极了此时的大雁。难怪宋江吟罢，"心中凄惨，睹物伤情"，难以忘怀。

秋空惊雁词

楚天①空阔，雁离群万里，恍然惊散。自顾影，欲下寒塘，正草枯沙净，水平天远。写不成书，只寄的相思一点②。

暮日空濛，晓烟古堑③，诉不尽许多哀怨！拣尽芦花无处宿，叹何时玉关重见④！嘹呖忧愁呜咽，恨江渚难留恋⑤。请观他春昼归来，画梁双燕⑥。

注 释

①楚天：楚地的天空。楚在南方，泛指南方天空。
②"写不"二句：雁群横空，本如书写的"一"字"人"字。惊散的孤雁只是一点，所以才"写不成书"。
③古堑 (qiàn)：古代战壕。与前句"空濛"同义。
④玉关：玉门关，泛指雁所居北方之地。
⑤江渚 (zhǔ)：江中小块陆地，亦指江边。
⑥画堂：富丽有画饰的殿堂。

赏 析

这首词写宋江睹物伤情，从雁群想到自己与梁山兄弟的处境前途，是悲物又自悲的情感流露。词的前半部分，系引自南宋词人张先的《解连环·孤雁》。宋江曾向射雁的燕青说："天上一群鸿雁，相呼而过，正如我等弟兄一般。你却射了那数只，比俺弟兄中失了几个，众人心内如何？兄弟今后不可害此礼义之禽。"他作诗"山岭崎岖水渺茫，横空雁阵两三行。忽然失却双飞伴，月冷风清也断肠"。后又作此词，可见他情思的郁结。本回中智真长老对宋江弟兄前程的偈语中，有"当风雁影翩，东阙不团圆"之句，已先给宋江心头投下了阴影。征方腊中梁山头领每有伤亡，宋江都不禁大哭，则是他这一情结的延续。

词的开头写南天空阔，离塞北万里，被惊散的遭遇。"自顾影"的形影相吊，下降时的水寒而食宿无着，都意味着乐土辽远难觅。"写不成书"又表达了纵使不辞跋涉，也无从表得完整心意。这都是表现惊弦孤雁的哀痛，也有着宋江对兄弟离散的恐惧悲感。其后写征程的荒凉，造成的秋雁怨苦。写古战场的寂寥，寒芦的不可栖止，江渚难以留恋，隐含着梁山往日辉煌已成陈迹，征辽也不曾得到安身立命之地的失落感。最后结束以春昼画堂归来，双飞共栖的燕子形景，与暮秋的孤飞苦境映衬，这乐与悲的对比中，使人感到宋江的愁苦，似已无言可诉，又无尽无休。词中宋江这番悲雁自悲，当然又是小说作者代宋江言志。

百回本《水浒传》征辽之后，梁山一百零八人村野英雄好汉，处于封建朝廷宦海倾轧之中，无以用其义勇。宋江以其素养经历，心存忧闷悲感。他对李师师所填《念奴娇》词中，"六六雁行连八九"，就是把一百零八人视同有序联结的雁群。所以见燕青射雁，长期凝思的情结加上悲凉的预感同时被触发起来，形于言语。大雁虽然互相结伴，彼此照应济助，但在高远的长空中，仍是势单力孤，远非势众力强的意象。宋江将自己与众弟兄的人间处境赋予了天上雁群。雁会被弓射落，双飞失伴，在秋气凄冷中时时触起断肠之悲。梁山事业成空，权奸虎视眈眈，欲将众弟兄分散加害，这种前程的阴影，已罩上宋江这只头雁的心头。这悲雁实在是自悲的曲折映现。它对梁山可悲的前程做了预示，使读者对一百单八人的离散，先有思想心理上的准备。

胡　敲

其一

一声低了一声高，嘹亮声音透碧霄。

空有许多雄气力，无人提处谩①徒劳。

其二

玲珑心地最虚鸣，此是良工巧制成。

若是无人提挈②处，到头终久没声名。

注 释

①漫：通"漫"，全，都。
②挈：举，提。

赏 析

　　胡敲的特点在于需要用手牵动才能发声，而宋江归顺后不被朝廷信任，又因有人作梗难以向皇帝表明心迹，和胡敲不得鸣叫的境遇十分相似。

　　尽管梁山英雄平定辽国有护国大功，但朝廷依旧对他们保持猜疑，不对他们升赏，不调他们出征，也不许他们私自进京。正逢江南方腊造反，梁山人马主动请缨，于是宿太尉保举他们前往江南协助平叛。随后新上任的平南都总管宋江与兵马副总管卢俊义出城回营，遇到街上卖小玩具胡敲的汉子，宋江百感交集，写下这两首咏物诗。

　　第一首诗中的"透碧霄""雄力气""谩徒劳"选词往大处着笔，语言夸张，释放出强烈的力量感，是豪杰抑郁情感的宣泄。第三句由直冲霄汉的豪迈过渡到无人提携的愤激，语言依旧刚硬，气势丝毫不减，"空"和"雄"两个语义反差强烈的词，给读者带来富有力量美的审美体验。

　　第二首诗中的"提挈"与"声名"一语双关，宋江想施展平生的才学就像胡敲想发出声音，宿太尉的举荐就像拉动细绳的那只手，一旦失去了贵人抬举，无论是人还是物都只能沉默。宋江把受到奸臣排挤而不得志的抑郁和对宿太尉举荐的由衷感谢，都寄寓在小小的胡敲上。

第九十一回

扬子江

万里烟波万里天，红霞遥映海东边。
打鱼舟子浑^①无事，醉拥青蓑^②自在眠。

注 释

①浑：完全。
②蓑：同"蓑"。

赏析

宋江派遣柴进、张顺，前往打听润州城的虚实，为将来进军润州做好准备。二人胸怀利刃，乔装打扮，来到了北固山下扬子江畔。正是初春时节，春暖花香，他们到扬子江边凭高眺望，只见滔滔雪浪，滚滚烟波，真是好一派江上春景。此诗便是为描绘江景而作。

首句连用两个"万里"，形象地描绘了扬子江上烟波浩渺、水天相接、一望无际的辽阔景象。在那遥远的江尽头、天尽头，一抹红霞映在镜面一般的江中，水天一色，色彩柔和，别有一番情致。战事在即，对于这"暴风雨前的宁静"，渔人浑然不觉，潇洒快活地痛饮沉醉，自由自在地披着蓑衣睡在自己的小船中。美景闲情俱在，渔人如此安逸逍遥，真是让人美慕！

金山寺

　　江吞鳌背，山耸龙鳞。烂银盘涌出青螺，软翠帷远拖素练。遥观金殿，受八面之天风。远望钟楼，倚千层之石壁。梵塔高侵沧海日，讲堂低映碧波云。无边阁看万里征帆，飞步亭纳一天爽气。郭璞墓[1]中龙吐浪，金山寺里鬼移灯。

注释

　　[1]郭璞墓：郭璞，字景纯，晋朝人，文学和风水学造诣极高。其墓位于金山。

赏析

　　张顺想进入金山寺探听关于润州叛军将领吕枢密的消息，隔江眺望金山寺，看到的就是词中描绘的景色。

　　开篇四个比喻运用巧妙。金山位于扬子江心，恰似江水吞没了巨鳌，只留下一部分甲壳。山上层峦叠翠，映着日光，远看又如披满了龙鳞一般。刘禹锡有"遥望洞庭山水翠，白银盘里一青螺"的诗句，这里借用此诗形容扬子江中的金山。"涌"字传神地表现出金山出于水中，江水起伏好像在吞吐这只青螺一般的景象。山上草木茂盛，青翠欲滴，江上波涛滚滚，浪花雪白，恰似翠色布匹后拖着一条白练。描绘完金山的概况，作者把目光放到了雄伟的金山寺上。塔高入日，堂低映波，登无边阁远眺，临飞步亭吐纳，令人心旷神怡。金山寺内的宏伟建筑错落有致，气象宏大。最后提到郭璞墓，更是展现了此处风水绝佳，富有灵气，不同凡俗。在紧张的战事描写之外，作者插入了如此美妙的景色描写，进一步丰富了这部小说的内容。

第九十二回

两虎斗

苟图富贵虎吞虎①，伪取②功名人杀人。

清世不生邹孟子③，就中玄妙许谁论④。

注 释

①苟图：以不正当的手段图谋。虎吞虎：喻强者互相吞噬消灭对方。
②伪取：以欺诈手段求取。
③清世：清平世界，统治者强大，统治秩序稳固安定的时世。邹孟子：儒家称作亚圣的孟轲，为战国邹（今山东邹县）人，故称邹孟子。
④玄妙：深奥神妙（的道理）。许谁论：以疑问口气表示不许议论。

赏 析

　　宋江率军攻打苏、常二州，与方腊南军大战于毗陵郡。面对旗鼓相当的南军，此战梁山损失惨重，混战中一连折了韩滔、彭玘二人。为了报仇，李逵、鲍旭、项充、李衮四个人在阵里乱杀，把杀害二将的仇人高可立、张近仁斩于马下，用他们的头祭奠战死的韩滔、彭玘。整场战斗极其悲壮。

　　梁山与南军均是当时的农民起义军，从作战水平看，梁山已经失去了对阵辽军那样的绝对优势。从此时起，每一回中梁山都要折损数员将领，所以双方都可被称为"虎"。而宋江选择了归顺朝廷，

215

方腊选择了抵抗到底。先不论情怀理想，就富贵和功名来讲，双方的追求极为相像。宋江自不必说，他的招安路线就是建立在把文武艺卖与帝王家的基础上，最后讨来朝廷封赏，换得"衣锦还乡"。而方腊建立伪朝廷，也是各级官员名目齐全，大有"麻雀虽小五脏俱全"之意。所以作者感慨二者相斗是贪图富贵"虎吞虎"，为了取得功名"人杀人"。宋朝此时的太平世道不会产生孟子，那么在一声遗憾的叹息之后，孰仁孰义就留给当世之人评说吧！

第九十三回

吉凶祸福并肩行

不识存亡^①妄逞能，吉凶祸福并肩行^②。

只知武士戡^③离乱，未许将军见太平。

自课赤心无谄屈^④，岂知天道不昭明。

韩彭功业人难辨^⑤，狡兔身亡猎犬烹^⑥。

注释

①不识存亡：指宋江不懂得方腊存亡与自身的存亡彼此相连。

②"吉凶"句：吉凶祸福互相联系。

③戡(kān)：杀，征服，平定。

④自课：自己考察自己。谄(chǎn)屈：献媚屈从。

⑤"韩彭"句：韩信、彭越的功绩人们很难辨识。韩、彭为汉代开国功臣，吕后、刘邦
以谋反罪将二人杀害。

⑥"狡兔"句：喻帝王消灭敌手后即抛弃有功的谋臣良将。

赏析

这首七律的首联，从老子的哲学观出发，对宋江等自恃能征惯
战之长，愚妄地剿除方腊的行为表现出讥讽的态度。

在前一回中，宋江就有过"莫非皇天有怒，不容宋江收捕方腊，
以致损兵折将"的困惑。此诗则站在更高的角度，指明皇福与皇祸

并行，梁山兄弟虽具有军事韬略，能征惯战，却不能洞识兔死狗烹的封建政治的历史教训。

颔、颈两联，写梁山英雄只在尽忠于自身职守，检讨自身品质上做到无怠无愧，却不能放眼于更长远广阔的境界，认识到封建皇帝于统治安定时期，害怕将军作乱难平，必欲除却而后心安。

尾联的功业变为罪恶的可悲结局，是作者对封建社会能臣良将的悲剧命运的慨叹。或者功成引退，或者养寇自重，而梁山兄弟放弃了对这两条道路的选择，其结果只能是步韩信、彭越的后尘。作者引古喻今，在无限惋惜中结束此诗。

所谓"太平本是将军定，不许将军见太平"。封建历朝，莫不如此。宋代把兵权全部集中到中央，地方上没有真正的兵权，所以汴京一失守，全国就立刻瓦解。而唐两京失守也未亡国，都是由于州郡兵力丰厚的缘故。宋太祖赵匡胤从陈桥兵变黄袍加身，到杯酒释兵权，虽然没有朱元璋的火烧庆功楼，也没有刘邦的君臣之战，但宋代的一切都是悄无声息地进行。宋代的国土面积尽管很小，但是皇帝本身就没有帝王之气魄，没有统一全国的决心，这种偏安一隅的态度决定了国家的命运。

太湖春

溶溶漾漾①白鸥飞，绿净春深好染衣。
南去北来人自老，夕阳常送钓船归。

注 释

①漾漾：水面微微动荡的样子。

赏析

　　李俊向宋江请缨前往宜兴小港。他悄悄潜入太湖，探听南边的消息，如此宋江便可以进兵四面夹攻，攻破苏州。宋江同意后，李俊带领童威、童猛兄弟二人，盘旋直入太湖，看到的便是诗中描绘的景色。

　　湖面万顷一碧，如同整块琉璃一般。白鸥振翅而飞，湖面荡起溶溶水波、漾漾涟漪。"溶溶""漾漾"二词，双声叠韵，在风景优美外更添音韵美。作者所描绘的江上波纹，非心思细腻之人不能感知。湖边花草丰茂，深春时的满眼绿色明净亮丽，引起女子们扎染衣物的爱美之心。南北来往的船只穿梭于湖面，荡起一朵朵洁白的浪花。岁月静好，船上的人在南来北往的旅程中慢慢变老，而太湖却年年依旧，好似永恒的存在。夕阳像一位守约的老友，每日来到水天相接处，目送钓船归去，祝贺渔人又结束了一天的忙碌。这样美丽的春日湖畔是战火纷飞中一幅难得的画面。

第九十四回

题临安邸

山外青山楼外楼，西湖歌舞几时休^①？
暖风熏得游人醉^②，只把杭州作汴州^③。

注 释

①休：暂停、停止、罢休。
②暖风：这里不仅指自然界和煦的春风，还指由歌舞所带来的令人痴迷的"暖风"——暗指南宋朝廷的靡靡之风。熏：烟、气等接触物体，使之变颜色或沾上气味。游人：既指一般游客，更是特指那些忘了国难、苟且偷安、寻欢作乐的南宋贵族。
③只：本作"直"。汴州：北宋京都汴梁，今河南开封。

赏 析

这是苏轼的一首诗，这首诗主要描绘西湖水光山色、晴雨变化的自然景色之美。林升诗写西湖山峦中楼阁建筑的掩映不尽，湖面轻歌曼舞的无止无休。这可以说是人工经营的繁华，是西湖的另一种美。人们在暖风吹拂下，心情的欢乐如在京都汴梁，这是写其美能使人产生幻觉，更显见不同寻常。小说引用此诗，当出于这样用心。

这首绝句原题为《题临安郡》。杭州在南宋高宗赵构时设行宫，升为临安府。绍兴八年定都于此。邸（dǐ）在诗题中意为客舍、旅店。诗人是题在店壁上讽刺南宋统治者修建楼台、听歌赏舞，忘记汴京为金人攻占，不图恢复的享乐偏安状态的。这是诗的本意。诗的头两句"山外青山楼外楼，西湖歌舞几时休"，抓住临安城的特征：重重叠叠的青山，鳞次栉比的楼台和无休止的轻歌曼舞，写出当年虚假的繁荣太平景象，表达了当时诗人对统治者苟且偷生，整日陶醉于歌舞升平、醉生梦死生活的不满与谴责。诗人触景伤情，不禁长叹："西湖歌舞几时休？"西子湖畔这些消磨人们抗金斗志的淫靡歌舞，什么时候才能罢休？用"几时休"三个字，责问统治者骄奢淫逸的生活何时才能停止？言外之意是抗金复国的事业几时能着手？又何时能开始？后两句"暖风熏得游人醉，直把杭州作汴州"，是诗人进一步抒发自己的感慨。"暖风"一语双关，既指自然界的春风，又指社会上淫靡之风。正是这股"暖风"把人们的头脑吹得如醉如迷，像喝醉了酒似的。"游人"既能理解为一般游客，也是特指那些忘了国难、苟且偷安、寻欢作乐的南宋统治阶级。诗中"熏""醉"两字用得精妙无比，把那些纵情声色、祸国殃民的达官显贵的精神状态刻画得惟妙惟肖，跃然纸上。结尾"直把杭州作汴州"，是直斥南宋统治者忘了国恨家仇，把临时苟安的杭州简直当作了故都汴州，辛辣的讽刺中蕴含着极大的愤怒和无穷的隐忧。这首诗构思巧妙，措辞精当；冷言冷语的讽刺，偏从热闹的场面写起；愤慨已极，却不作谩骂之语，确实是讽喻诗中的杰作。这首诗针对南宋黑暗的现实而作，倾吐了郁结在广大人民心头的义愤，也表达了诗人担忧国家前途命运的思想感情。

第九十七回

黑松林

阴云四合，黑雾漫天。下一阵风雨滂沱①，起数声怒雷猛烈。山川震动，高低浑似天崩。溪涧颠狂，左右却如地陷。悲悲鬼哭，衮衮②神号。定睛不见半分形，满耳惟闻千树响。

注释

①滂沱：形容雨下得很大。
②衮衮：连续不断，众多。

赏析

宋江将攻打睦州，忽然听到探马来报，南军的清溪救军到了，双方在路上短兵相接。清溪军的先锋郑魔君善于使妖法，先后击杀了王矮虎、一丈青夫妇。宋江叫鸣金收兵，却被郑魔君使妖法，天地黑

暗，迷踪失路。这首词描绘的便是宋军中招后看到的景象。

宋军被困在松林里，天昏地暗，不见天日。首句一个"合"字，形象地写出了阴云在头顶聚拢包围的遮天蔽日之象，给人以极强的压迫感。祸不单行，除了看不清周围景象，天上又下起了滂沱大雨，响起了滚滚惊雷，又给人增添了一层压力。恐怖的事还在后面，霎时间宋军感到山崩地裂，天塌地陷，溪水翻滚，恐怖的声响如同鬼哭神嚎，搅得人胆战心惊。在眼前一片漆黑、脚下站立不稳之际，盈满双耳的树响让恐怖指数成倍增加。惊慌、恐惧、绝望，无以复加，作者的刻画循序渐进，可怕的景象层层叠加，让人如临其境，如闻其声。

第九十九回

颂　子①

平生不修善果，只爱杀人放火。忽地顿开金枷，这里扯断玉锁。咦！钱塘江上潮信来，今日方知我是我。

注 释

①颂子：佛经中的唱诵词。这段颂子由鲁智深在圆寂前写下。

赏 析

鲁智深生擒方腊后，征方腊的战争就此结束了。此时他已心如死灰，不愿为官，只图个干净去处，只求能安身立命。他谢绝了宋江劝他还俗为官光耀门楣或住持一座名山大刹的建议。他在寺中听到钱塘江潮信后，心知智真长老"听潮而圆，见信而寂"的偈语要应验了，当日便大彻大悟地写下了这段颂子，坦然坐化离世。

鲁智深虽然看破了红尘，领悟了禅机，但语言依然带有他当年的豪迈与率真。他不是一个传统意义上的僧人，清规戒律对他形同虚设，吃肉喝酒，杀人放火，他无一不做，甚至在坐化前连"圆寂"是什么都不知道。然而他却有慧根，有禅心，经历了太多悲欢离合后参悟了禅机，应了智真长老当年对他的评价，终成正果。他挣脱的"金枷""玉锁"，不正是对身外的利禄与功名的比喻吗？在立下生擒方腊的大功后，他毫不犹豫地舍弃了唾手可得的身外之物，只求宁静平淡的生活。此时的鲁智深，终于从外在形式到内心情感上都达到了佛门弟子的标准，如他所说，随心而动，活出了那个真正的自我。

第一百回

满庭芳·罡星起河北

罡星起河北①，豪杰四方扬。五台山发愿，扫清辽国转名香②。奉诏南收方腊，催促渡长江。一自润州破敌，席卷过钱塘。

抵清溪③，登昱岭④，涉高冈。蜂巢⑤剿灭，班师衣锦尽还乡⑥。堪恨当朝谗佞⑦，不识男儿定乱狂。诳主降遗殃。可怜一场梦，令人泪两行。

注释

①"罡星"句：此词从征辽之事叙起，故云起河北。
②"五台山"二句：句意为扫清辽国后在五台山发愿，将名声转为忠义。
③抵清溪：征进到清溪。方腊建都于清溪县。
④昱(yù)岭：在浙江临安县西。方腊在昱岭关曾设重兵防御。
⑤蜂巢：代指方腊巢穴。
⑥班师：军队出征回来。衣锦尽还乡：全都富贵归故乡。指征方腊幸存的梁山头领都被封官。
⑦谗：进谗言的奸臣。

赏析

这首词概括了梁山好汉征方腊胜利后被谗害的悲剧结局，

叙事之中寓褒贬之意，最后慨叹，充满悲悼之情。上阕中叙及梁山军将，"四方扬""扫清""席卷"，都明露出赞扬之情。叙及朝廷的"催促"二字，却带有鲜明的贬义。上阕这种以选字炼词表露的含蓄之情，在下阕中表现得更鲜明。三个短句中"抵""登""涉"三字，表现了壮勇、勤劳，衣锦还乡显出了应得的褒奖。其后对谗佞的谴责，情溢于辞。"不识"是其短见。结尾两句，明白表露了对梁山英雄的慨叹哀悼。梁山受招安、征方腊的悲剧意义，也得到了明白揭示。

梁山起义军经历了艰难曲折的过程，最终走上了招安之路。在经过了两败童贯、三败高俅之后，梁山全伙很有"气度"地接受了朝廷招安。但是招安之后的结果令梁山好汉大失所望。征辽国、打王庆、讨田虎，他们为朝廷立下了汗马功劳，却没有得到官爵，仍然是一介白衣。征方腊时，梁山好汉十去其八，后来又被奸臣用计陷害，落得个七零八落的悲惨结局。其实，在实施招安计划之前，宋江不可能预计到招安后的遭遇以及众兄弟七零八落的结局。如果宋江预知这一步，招安也许就不会成为一个议题了。但是，在招安的过程中，宋江已经逐步意识到招安会有一些后果，他也曾为此痛苦，但此时的他对最后的结局已经无能为力，只能违心地看着事态失控。征方腊时，每逢损失兄弟，宋江都要痛哭一场，这哭声虽说可能有做作成分，相信痛惜之外，不无自责、无奈之意。在被高俅等用毒酒陷害，弥留之际，仍然说："宁可朝廷负我，我忠心不负朝廷。"此时的宋江，即使有心负朝廷，也是心有余而力不足了，虽然违心，却不得不沿着这条路往下走。为了防止招安得来的好名声功亏一篑，他临死又拉上李逵，坚定而无奈地把招安这条曲折之路走到了底。

奸邪误国

奸邪误国太无情，火烈擎天白玉茎①。

他日三边如有警②，更凭何将统雄兵。

注释

①烈：焚烧。白玉茎：白玉柱，喻指国家栋梁。

②三边：汉代幽、并、凉三州地处边疆，称三边。后泛指边疆。警：报告危急的讯息，此指战争警报。

赏析

这首七绝，主要吟咏宋江、卢俊义被害，作者不从忠奸恩怨、个人生死着眼，谴责奸谗者的狠毒，哀悼忠义者的惨死，而是立足于国家大局的长治久安，从失却抵御外患良将的高度，谴责奸邪的无情。这无疑是对社稷的无情，是对边疆军民的无情。这比单是揭斥奸邪者个人品质之恶、悲叹英雄惨死具有更深广的意义，更能激起人们的关注和爱憎。立足点高，眼光也就远大。

火烈白玉茎的借喻形象鲜明。三边有警、无将统兵的事例典型醒目，这则是艺术上动人之处。宋代亡于北境外患，并非由于国无良将，而是由于奸邪误国，自毁长城。这首绝句，使人深深想到这一重大历史教训。封建社会世袭的君主专制独裁制度必然使皇帝处于横暴寄生状态。逢迎献媚的权臣掌握政柄以谋私，又必然不容许以社稷黎民为重的忠义之士在朝廷得势。宋江南征北伐为朝廷出力，朝廷承认其功绩劳苦。在这些事实上也有还有报。只是由于品质上的秉持忠义，便不为社会所容，这是对社会的质问和谴责。不是奸谗者难逃忠义者执掌的法网，而是忠义者难逃奸谗者的陷害。

这样的社会，是奸邪当道的社会，是政治上阴谋害人之风盛行的社会。这就是绝句在谴责奸邪的语言下对当时社会政治现实的谴责。

梁山泊

漫漫烟水，隐隐云山。不观日月光明，只见水天一色。红瑟瑟满目蓼①花，绿依依一洲芦叶。双双鸂鶒②，游戏在沙渚矶头。对对鸳鸯③，睡宿在败荷汀畔。

注 释

①蓼：一种草本植物。
②鸂鶒 (xī chì)：像鸳鸯的一种水鸟。
③鸳鸯：一种鸟，雌雄多成对生活在水边。

赏 析

蔡京、杨戬、高俅、童贯四大奸臣换了御酒，毒杀了宋江，而皇帝对此浑然不知。皇帝夜晚接到梁山阴魂的托梦，被戴宗从东京接引到梁山泊，在忠义堂上听宋江详细诉说了梁山众人的忠义和枉死的冤屈。皇帝醒后询问臣下，得知真相的他内心惨然。

这首词是皇帝前往梁山泊路上看到的一处景色。云蒸雾绕，烟气朦胧，水泊犹如仙境一般。既然一片忠心难以昭日月，那么便回归壮美水泊图个快活吧！满目红花绿叶，明丽耀眼，无限美

好的乐景，再也等不来那昔日在此欢聚的人。水鸟出双入对，它们的团圆美满衬托出了梁山英雄们的悲凉寥落。红叶似龙鳞，金花如兽眼，梁山的一草一木好像都沾染着豪杰气概。而风景如旧，再不见聚义的好汉，物是人非之感隐于字里行间，乐景之下藏有化不开的哀情。

卷终诗二首

其一

莫把行藏①怨老天，韩彭当日亦堪怜②。

一心征腊摧锋日，百战擒辽破敌年。

煞曜罡星今已矣，谗臣贼相尚依然。

早知鸩毒③埋黄壤，学取鸱夷④泛钓船。

其二

生当庙食死封侯⑤，男子平生志已酬。

铁马⑥夜嘶山月暗，玄猿⑦秋啸暮云稠。

不须出处求真迹⑧，却喜忠良作话头⑨。

千古蓼洼埋玉⑩地，落花啼鸟总关愁。

注 释

①行藏：指出仕与退隐的出处与行止。

②韩彭：韩信、彭越，二人均为汉代开国功臣，俱非罪而被杀。

③鸩（zhèn）毒：毒酒。古谓鸩鸟之羽有剧毒，以之浸酒，饮后立死。此指宋江、卢俊义均被慢性毒酒害死。

④鸱夷：春秋越国范蠡。范蠡佐越王勾践灭吴，知勾践为人不可以共安乐，遂泛舟至齐国，改姓名，自称为鸱夷。

⑤"生当"句：《后汉书·梁竦传》：梁竦曾登高望远叹息："大丈夫居世，生当封侯，死当庙食。"宋江死后才封侯，故写作死封侯。

⑥铁马：披甲战马，亦泛指战马。

⑦玄猿：黑猿。

⑧"不须"句：不必在史籍来源根据上考证真伪。

⑨话头：评话艺人说话的入头部分，此指此书中叙事的头绪。

⑩埋玉：表示对有才能而英年早逝者的哀悼。

赏析

这部小说卷终以两首七律作结，提挈纲领，动情启思，识见深卓，笔力遒劲。

第一首七律阐发了梁山英雄作为历史人物的借鉴意义。起句对人物命运不归之于天意，点明了从人物自身发掘经验教训的立意。次句对韩彭悲剧的哀叹，寓有对梁山英雄不曾汲取历史教训、重蹈前人覆辙的惋惜和感慨。颔联写其"用之则行"，以彰显军事优势及忠心竭力的昭著功绩，有激发人心之力。颈联写用其愚朴的忠义，立身于奸谗弄权的政坛，不思"舍之则藏"，结局是自身全部覆没，而邪恶权贵毫无损伤，照旧得意扬扬。句中的叹惋愤慨之情溢于纸上。尾联将可叹的悲痛结局与可以师法欣羡的智者归宿作鲜明对照，读者由一悲一喜的巨大情绪反差的激荡中，必会返回到起句的"行藏"因果的思考，并从中得到有益的启示。

第二首则咏叹梁山英雄作为小说艺术形象的意义。首联写其生时的丰厚生活需求，死后功业被承认，其精神需求都得到满足，是实现了男子汉人生价值追求的成功者，是激励上进的形象。颔联写其当年的辉煌成就，自然会触起读者思慕之情。颈联明确表示了这部小说不受史籍实迹的拘束，是喜爱这些正面人物的艺术创作。尾联写小说中这些英雄人物的悲剧，使花鸟为之陨落哀啼。更别提感情远过于花鸟的读者，不能不为之伤痛，与之共鸣。这表现了作者对小说艺术感染力充分的自信，读者也会产生认同。